向明——著

詩人詩世界

【臺灣詩學論叢】第二輯
總序

李瑞騰

　　詩學即詩之成學，舉凡詩人之所以寫詩、詩之形式與內涵、詩之傳播與涉及公眾等活動、詩之賞讀與評判分析等行為，甚至於詩與其他文類或藝術之互動等，皆其研究範疇。而當我們為詩學做了某種界定，在該詞前面加上諸如「古典」、「現代」、「空間」、「中國」、「女性」、「身體」、「山水」、「現代派」、「跨文化」等等，那這樣的詩學，必有依其理而建構起來的系統，此即《文心雕龍・序志》所說的「敷理以舉統」。

　　緣此，「臺灣詩學」自當在「臺灣」之「理」上去建構，包含其史地條件中的自然與人文因素：是島，則與海洋和大陸息息相關；在歷史發展進程中，原漢關係、閩客關係、漳泉關係，乃至近代以降之省內外關係、當代新舊住民關係等，都曾是眾所矚目的族群問題；除了清領，曾被荷蘭人、日本人統治過，四九年後美國人對它影響重大。想想，「詩」原本就言志、緣情，人心憂樂萬感都在其中，臺灣的詩是在這樣的背景下生長出來的，在不同的歷史階段，會有些什麼樣的詩人寫了些什麼樣的詩？會形成什麼樣的詩觀、發展出什麼樣的詩史？這些全在「臺灣詩學」的論述範圍。

　　這個「統」，對「詩」來說是「傳統」，世世代代繼承不絕；對「詩學」來說是「系統」，要能抽絲剝繭，多元統合。然則，這詩，這詩學，卻又不是孤立的，和中國有關，和東西洋有關，和全球的華文詩與詩學都有關。我們要有宏觀的視野，敏銳的思維，才能挖得深、織得廣。

創立於1992年的臺灣詩學季刊社，是一個發願「詩寫臺灣經驗」、「論說現代詩學」的詩人社團，迄今已歷二十五寒暑了，從兼顧創作和評論的《臺灣詩學季刊》，到一社雙刊（《臺灣詩學學刊》和《吹鼓吹詩論壇》），近年更輔以詩選、個人詩集、詩學論叢之出版，恢宏壯闊，誠當前臺灣文學美景之一。

　　去歲初，我們出版了「臺灣詩學論叢」四冊：白靈《新詩十家論》、渡也《新詩新探索》、李瑞騰《詩心與詩史》、李癸雲《詩及其象徵》，由秀威出版；今年，趕在25週年社慶前夕，我們接續出版第二輯六冊：向明《詩人詩世界》、蕭蕭《新詩創作學》、白靈《新詩跨領域現象》、雲朵《濛濛詩意——雲朵論新詩》、陳政彥《身體、意識、敘述——現代詩九家論》、林于弘與楊宗翰編著《與歷史競走——臺灣詩學季刊社25週年資料彙編》，蒙秀威慨允繼續支持，不勝感激。

　　我們不忘初心，以穩健的步伐走正確的詩之道路。

目次

泛泛談詩

詩選可能民主投票嗎？

　　我們是一個詩特別發達的民族，整個一部中國文學發展史幾乎就是一部詩史。幾千年來一方面有主持風會，發縱指使的詩人在不斷創作，另一方面復有很多獨具慧眼，論列得失的詩論述批評的人在研究品評，故而詩的社會迭有詩的評選出現。這是一種正常生活的現象，它是一種時間的記錄，同時也是一種價值的評估。更是文學成果的累積。然不可諱言的是，古代對某一時間文學作品作選評，其成熟與否的評定，必在其對象已經完成之後，此所以魏晉六朝的文學，至齊梁之劉勰始有論列；唐人之詩，除司空圖《詩品》之外，遠到宋朝才有大量的批評。其所以如此，因對同時代的詩家品頭論足，由於未能保持距離，眼光極易為一時的現象所蒙蔽。同時，對同時代的人選詩，也會由於許多非詩的因素，影響決斷，無法做到絕對的公平。這種現象歷史上就有過。唐代杜甫的作品歷久光芒萬丈，應該為同時代的評家所接納，然而他的詩就有兩次沒被他當時所處的大詩選選入，首是殷璠所主選的《河嶽英靈集》，時在盛唐，共有二十四位唐代名詩人，包括李白、王維、高適、岑參、崔顥、孟浩然、儲光羲、王昌齡，獨獨沒有杜甫。第二本是中唐高仲武所選的《中興間氣集》，有詩人二十六人入選，有錢起、戴叔倫、劉長卿、張繼等人，姓杜的有杜誦之詩一首，仍無杜甫。不選杜甫的原因不外是杜愛表國風之衰微，道生民之疾苦。而殷、高等人所推崇的必乃體壯風雅，麗致清新。杜為人生，其他人則徒風雅藝事，兩造體調不相合，主張不相同，當然就玩不到一起

去了。後來即使到了幾百年後的宋代，杜甫仍有不同的命運。王安石編有《唐百家詩選》及《唐四家詩選》兩種，前者不但仍沒有杜甫，連李白、王維、韓愈、孟浩然、陳子昂也不列名，清代王士禎曾譏之為不近人情。但在《唐四家詩選》中，杜甫卻躍居在最前，李白成了殿後。有人問王荊公為什麼這樣推崇杜甫，王安石說：「杜詩悲懽窮泰，發斂抑揚，疾徐縱橫，無施不可，名列前茅，乃為當然。」由這些班班可考的歷史記載看之，所謂詩選或詩評選，都免不了受主其事者的主觀所左右，或當時詩壇生態環境所影響，難得有絕對標準或絕對公平。

　　臺灣現在編詩選的風氣很盛，除了全臺灣的年度選外，各詩社各縣市亦各有代表性的詩選推出。大家都很慎重其事在辦理，都以選好詩為鵠的，由多人在主持。但在而今這個價值多元的時代，好詩的標準實在難定，哪裡找得到量詩的度量衡？各派或各詩社都有他們自認的好詩，不同主張者有各別的好詩認定標準。甚至不同年齡層之間對好詩的認定都有代溝，要選出一本大家都會滿意的詩選真是很難呵！難道要像現在所實行的所謂「民主政治」，由讀者來票選決定詩的好壞。詩發表出來就是供讀者大眾欣賞的，讓讀者大眾來選他們認為好的詩、喜歡的詩、詩人以好作品來爭取入圍，應該是很「烏托邦」的一件事。可是看看現在所謂「民主政治」所帶來的亂象和弊端，這樣詩編選的改革結果恐怕會更荒謬悲觀，恐怕還是一動不如一靜的好。

┃佮談詩與理想

　　首先我來說我昨夜做的一個夢，我被這個夢所驚醒。我夢見一個人拿了一本他剛出版的詩集，喜孜孜的送給我。那本詩集封面是一片嫩綠的底色，中間放了一個深綠色的包心菜，包心菜從中剖成兩半，露出中間兩邊淺黃色的一層層菜心。整個構圖非常美，並不是超市蔬果廣告那種粗獷。有意思的是，我清晰記得在構圖上方有三個字「開心集」，就是這本詩集的名字。表示這本詩集的內容是詩人生活得很開心、很理想的生活紀錄。因為是在夢中，我並不知道他的詩寫得如何開心，但這年頭有人用詩來描述如何開心是一件令人羨慕的事，縱然只是一場夢。

　　我們知道人活得理不理想、開不開心完全是一種生理狀態，一種心頭上的情緒。要把這種體內看不出的化學變化表現出來，必須透過意象的轉化，才能感覺得到開心究竟是怎麼回事。我不知道這些詩是如何寫的，裡面的詩，是不是和封面上的畫境一樣一看就令人開心，不得而知。但這位封面畫家沒有俗氣的畫兩個人在開懷大笑，表示「很開心」。或者用看圖識字的方法，乾脆畫一幅開腸破肚、取出一枚血淋淋的心臟出來的動感畫面，表示是在「開心」；而是用一片綠意中陳列著一棵剖切的包心白菜，表示「開心」這種心理狀態也可用這種美的畫面來暗示，可見這位畫家很高竿，懂得借用詩的表現技巧。畫家也是一位詩人，或者根本就是詩人自己設計的封面。

　　說到詩與理想，或者理想生活與詩，這兩者之間基本上是相矛盾，且不相容的。生活得理不理想，也並非詩人自己說了算，有

時還得仰人鼻息，看人家承不承認你很理想。哲學家柏拉圖創立了一個「理想國」，廣納天底下有理想的人入籍，唯獨拒絕一生都在為理想而奮鬥的詩人。他認為詩人的主見太多，且愛爭吵，一個看不起另外一個，而且只會抄襲上帝已完成作品，山河大地、四季風物，沒有理想，沒有創意，柏拉圖把自認可以坐在上帝右邊的詩人看得很衰。

　　諾貝爾設立了一個使全人類各行各業有成就的人受惠的「諾貝爾獎」，唯獨在創立文學獎時，交代要頒給一些具「理想主義」抱負的作家或詩人。大概沒有一個搞文學的人不認為自己沒有理想，因此天下個個作家詩人都自認是「諾貝爾文學獎」的候選人。然而偏偏每屆諾獎公布，得獎的不但不是深具「理想」的自己，更非理想中的別人，而多半都是一些小地方的異議分子，被流放或流亡到別的國家的作家詩人。前幾年的諾獎得主都是跨語言的作家，赫塔・蜜勒女士（Herta Mulle）就是來自共黨統治過的羅馬尼亞的德國人。中國人中好不容易出了一位高行健，但他是為法國得獎，因為他已被中國放逐，而落籍法國。他的作品《靈山》、《一個人的聖經》，均被諾獎評委視為具「理想主義」風格的作品，可不是嗎？《一個人的聖經》就是反集體主義的。論文學成就比高行健強的兩岸作家比比皆是，但他是因堅持自己「理想」而被放逐，諾獎是對他追求「理想」而給予的鼓勵。

　　其實所謂詩人，根本應該就是一個追求理想的人。就是因為生活得不夠理想，生存得不夠尊嚴，所以他要寫出追求理想，實現理想的詩。最好的例子便是唐代大詩人杜甫，他的傳世名作〈茅屋為秋風所破歌〉，即是屋漏又遭連夜雨，生活不堪所做的感慨。唐乾元三年（西元七六〇年）的春天，杜甫在歷經劫難後，求親告友，在成都浣花溪畔蓋了一幢茅草屋，總算有了一個棲身之所，以便老來過幾天安定安靜的日子。誰知一到八月，正當秋高氣爽有好天氣的時候，突然狂風大作，把他屋頂上蓋的層層茅草都捲走了，而且

「南村群童欺我老無力／公然抱茅入竹去」，他還不忍當面指這些孩童為盜賊。茅草屋頂揭走之後，「床頭屋漏無乾處」，他感嘆「自經喪亂少睡眠」，這沾濕的漫漫長夜，叫他如何闔眼?!自身的淒慘，聯想到其他類似處境的人一定不少，於是他大發宏願寫出：「安得廣廈千萬間，大庇天下寒士俱歡顏，風雨不動安如山！」最後他還表白：「嗚呼！何時眼前突兀見此屋，吾廬獨破受凍死亦足。」此時杜甫不但是一位理想十足的詩人，更是一位人溺己溺、人飢己飢的大同思想的急先鋒，他絕不單是為己，且為人人。

千萬間的廣廈，且風雨來襲仍牢固得不動如山，將是一個多麼理想安適的平民生活社區呵！這個理想多麼偉大，但是一貧如洗的詩人也只能以詩來訴述願景而已，還得有銀子的陶朱公來促其實現才成。這世界一直是富有的陶朱公多得多，卻偏偏沒有那少數可憐的詩人慷慨。

┃關於詩與性愛

　　當一個詩人或作家創作的時候，他的創作衝動是不大自覺的，所謂靈感一來便開始動筆，也就是說那種突然的衝動是一篇作品產生的原動力。靈感從何而來，來自潛意識。當靈感衝動的時候，事實上是潛意識在作祟；是潛意識在渴望表達某些刺激所造成的情緒或概念，雖然它可能是矛盾的、盲目的、非理性的，但是確實是心靈的一種聲音。依參心理分析的說法，所謂「潛意識」與「性愛」幾乎是同義字，都是一種衝動需要發洩。

　　但是「性愛」這個詞在我們中國傳統的字彙中是沒有的，它是從希臘文「eros」（愛）變化而來。無論中外，「性」這個字本來都是隱晦的，含有邪惡和不道德的暗示性，同時更和色情、縱慾等不潔字眼相關聯。因此我們每一次談到性愛這兩字便感到難以啟口，唯恐被人說成是信口雌「黃」，黃色小說的黃。其實古希臘文的原意還是著重在「愛」上面。同時也並不就是指床笫間的那件事。兩性間的眉目傳情、回眸一笑、一挑蘭花指，都可說是一種性愛的暗示。所以廣泛說來所有的情詩都是性愛的詩。詩與文學所以受人喜歡便在泛指人性本能的愛含醞其中。

　　幾乎每一個寫詩的人或多或少都會把自己的性愛的直接或間接經驗寫在詩中。早年西方詩人歌頌「五月柱」圖騰一類活動的時候，事實上即是對男性陽具的崇拜。普羅米修士偷火、聖經中夏娃被蛇引誘，其實都是對性的聯想。法國象徵派詩人保羅・凡樂希曾被指為性愛詩人，因他對男女之間所謂苟且之事著筆不少。但這

對他仍是一種恭維，並非指責，因他所表現的比之在舊約聖經和《雅歌》中並不見得更多，聖經中雅各和拉結、大衛王和烏利亞之妻都有廣義的愛的真諦，十七世紀曾任英國國教士詩人約翰‧多恩（John Donne）曾以激烈的性的情感，大寫宗教詩，詩卻膾炙人口，在他死後的九十年中再版了八次。他的動機是旨在反映他作為一個教士對於自己的靈魂能否得救缺乏信心，因而有了內心爭鬥。雖然描寫大膽，但並未逾越藝術尺度，故亦未受到宗教的責難。

　　性愛在詩中出現通常都是透過象徵的語言表達。蛇在西方常拿來當性徵的意象。用火在木頭上鑽洞、把軟木塞塞入瓶口、把長麵包送入爐灶、把鑰匙插入鎖孔，這都是西方詩中常用的性意象。同時詩人也慣於將平常物件附上性的聯想來表現這件物品所象徵的特殊意義，譬如方莘的詩〈沙時計〉，我們初看會發現這是一首專寫性愛的詩，而且活神活現，事實上，作者只是將沙時計藉性愛之間相通相似之處，著意渲染，以示詩所表達的種奇技巧，即是用沙漏的反覆顛倒喻人生為一種永不止歇的抗爭，表達人生殘缺不全的悲劇命定。余光中早期的名詩〈鶴嘴鋤〉其實也是這樣的手法，並非有意去直接碰觸性的場景，而是藉性的意象來說明生命的輪迴，故而才有「另一個女體的出現」。

臺灣新詩的祭酒——覃子豪
——紀念先生百歲冥誕

　　西元一九一一年，歲次辛亥，就在那一年，國父孫中山先生締造了中華民國，為民國元年。也就在那一年的農曆二月十二日（國曆三月十六日），四川省廣漢縣連山鎮覃家溝，出生了一個與民國同年誕生的詩人覃子豪。覃氏自幼聰慧，八歲即喜愛詩詞，尤其對他同鄉詩仙李白之作更是背誦如流，及長更具繪畫與治印的天分，十七歲高中時即嘗試在成都報刊投稿，在文壇嶄露頭角。高中畢業後即開始接觸西洋文學，與同校喜愛文學的同學賈芝（按：即大陸已故文壇重鎮賈植芳）等共組五人詩社，出版詩集《剪影集》。民國二十四年覃氏東渡日本中央大學主修政治經濟，課餘寫詩、讀詩和譯詩。著迷法國象徵派詩人波特萊爾諸人的詩，對後來他的詩風影響極大。在東京，他與同學雷石榆（按：即臺灣舞蹈家蔡瑞月的丈夫）等人從事新詩及抗日運動，參加東京的「詩歌社」，與同學李華飛等人籌辦大型文學刊物《文海》，並執筆寫發刊詞。惜只發刊一期即被查封，並受到東京警視廳之特務監視。一九三七年七七抗戰前夕，許多中國同學因寫作抗日文字而遭逮捕，覃子豪在被特務搜查未發現可疑後，乃從日本橫濱搭船返國，並立即積極參加抗日救亡工作。年輕的覃子豪輾轉在東南前線服務，發表抗日詩篇。一九四四至一九四五年覃氏到福建永安及漳州一帶，在永安與畫家薩一佛詩畫合作出版《永安劫後》詩畫集，受到當時美國新聞處的重視，將部分詩畫製成膠片，並將詩譯成英文，寄往美國發表。

覃氏於民國三十六年偕妻女來臺任臺灣省物資調節委員會專員，後因長女在家鄉生病，夫人即攜次女返回大陸照顧，自此即因大陸淪陷，而斷絕音訊，獨留覃氏一人在臺，從此他即以詩為生存生活依恃，視年輕詩人為自己子弟。除擔任中華文藝函授學校詩歌班主任，親自設題及批改作業，澤被當年無數青年詩人。除親撰教材授課外，並以自己微薄收入創辦詩刊及與報紙副刊合作開闢《藍星詩週刊》（覃氏為藍星詩社創社元老之一），讓初習者因有刊物發表創作而得到鼓勵。此為覃氏對臺灣詩壇播種奠基的一重大貢獻。

自從文學革命廢舊詩改寫新詩以後，新詩即不斷受到挑戰攻擊，覃氏總以護衛的身分接受挑戰，予以理智的辯解與還擊，從不畏懼。一九四一年八月曾與當時的《大公報》作者曹聚仁就一篇〈詩、新詩與敘事詩〉發生激辯，對曹氏勸青年人放棄用詩來表現胸中悲歡，試用別的體裁來試試，同時認為而今新詩已無音韻，致使新詩的形式失了依據。對此覃氏認為如青年人不用詩的體裁來發洩胸中的丘壑，詩的繼承者將絕跡，詩本青年人的最愛，不可剝奪。他說詩的革命，就是不要詩去憑藉於音樂的死格律，要從中解放出來，創造出新的形式、風格和節奏。

覃氏來臺後新詩的發展曾遭到更多挑釁，先有一九五七年梁文星、周棄子、夏濟安三位學者就新舊詩形式及語言提出看法，認為新詩已無舊詩讀者多，且作者與讀者間關係密切相互瞭解。而新詩沒有固定形式，讀者無所適從。他們憂「白話詩」寫得太「白」，「自由詩」又太「自由」。對此覃氏答覆一首詩成功不在形式是否固定，而在於其詩質是否純淨與豐盈，且形式是隨內容之存在而存在，亦隨內容之變化而變化。

最令人動容之舉是，老友紀弦創立現代派並發布現代派六大信條，主張現代詩應包容自西方自波特萊爾以降一切新興詩派之精神與要素，並認「新詩乃橫的移植而非縱的繼承」及「知性之強

調」，均在詩壇造成極大爭議。覃氏乃撰文〈新詩向何處去？〉做出嚴肅批評，他懷疑西洋的新興詩派是否能和中國特殊的社會生活所契合，並問：「若全部為橫的移植，自己的根將置於何處？」並提出「六原則」以對抗紀弦之「六大信條」，作詩之再認識，要考慮讀作者都能望見的焦點，及重視實質表現之完美、從準確中求新的發現，創造自我之風格。此六原則引來紀弦的長文辯駁，覃氏則再撰〈關於新現代主義〉予以討論。兩位老友就現代主義的認知你來我往，真理愈辯愈明，終至紀弦認為臺灣的現代派已違其初衷，公開聲明解散現代派。

　　而後發生第一場新詩論戰（西元一九五九年六月），文壇耆宿蘇雪林教授於《自由青年》撰文〈新詩壇象徵派創始者李金髮〉，認為當年象徵派詩幽靈又渡海飛來臺灣，傳了無數徒子徒孫，仍然大行其道。發表的作品，已晦澀曖昧到一團漆黑。紀弦知道所說的幽靈就是指他所創立的現代派，乃首先提出側面抗議，接著原和紀弦論戰的覃氏站出來正面接戰，指出新詩的進步、未可抹殺，蘇氏評語有失公平，並力辯臺灣新詩絕非象徵派的殘餘或移植，而係無數新影響相容並蓄的綜合性創造。蘇覃二人數月對壘，終至蘇教授掛出免戰牌而停止交鋒。

　　接著第二場新詩論戰於一九五九年十一月二十日再起，《中央日報》副刊方塊作家言曦的〈新詩閒話〉而引發，該文泛指臺灣新詩為「象徵派的家族」。提出所謂「比較客觀的尺度」，認為詩的構成的條件不外「造境、琢句、協律」。詩的「最低層次是可讀，再是可誦，最上一層是可歌」，據此尺度，而憂三五十年以後，將淪為沒有詩的國家。論戰由藍星詩社精英覃子豪、余光中等各以不同角度為新詩辯護，認為「不可歌」的價值遠高於可歌的詩，指出現代新詩中的許多思想性、神祕性，及維精維妙的意象是不必也不能「譜之以曲，被以管弦」的。覃氏面對臺灣新詩之隨時代並進與創新，以其高瞻的眼光與不屈的毅力，隨時接受各方保守勢力的挑

戰，臺灣詩的發展能有今天這種健康的局面，覃氏厥功甚偉。

　　作為一個先行代詩人，覃氏對自己的詩創作，始終謹小慎微的努力求新求精求變，務使每一時期的詩作有不同於前的面貌。來臺後第一部詩集《海洋詩抄》收他一九四六至一九五二年間精選作品四十七首，詩集中〈追求〉一詩突顯出他對人生光明面的追求，和為永恆壯烈捨身的精神，為覃氏一生寫詩的代表作，入選國內外各大詩選，並鑴刻於墓地銅像下方，供人瞻仰。覃氏的第二部詩集《向日葵》係一九五三至一九五五年間精選詩二十三首，他自承這是他從純抒情走向現代技巧，追求超越的一次成功的發軔。序言中稱：「『向日葵』是我苦悶的投影，也是我尋覓的方向。」此集中在詩的形式上有放寬幅度和重建秩序的打算。〈詩的播種者〉為此集中之代表作，亦收集在各大詩選傳誦。

　　覃氏的第三部詩集、公認為覃氏創作顛峰的一部詩集為《畫廊》，其中〈瓶之存在〉一詩已有多篇專題研究論述，入選國內外各大詩選及文學大系。這是繼《向日葵》出版後覃氏創作精華的結集。在此書的序言中，有如下坦白的自述，他說：「自從《向日葵》出書後的這六七年，我對於詩，思索多於創作，創作多於發表，恆作探求或實驗。是以常因發現而有所否定，或因否定而去發現。」同時他也說，對詩的追求有一嶄新的發現，即：「詩，是游離於情感和字句以外的東西，是一個未知，是一個假設正待我們去求證。」這是一個認真的詩人，從詩的歷練中所獲得的最珍貴、最持久不變，具真理性的真知卓見。覃氏便是從未知的探求中去發現詩，去做創意的實踐，《畫廊》便是他探求的豐碩成果。這一段「自未知求證詩」的真言，值得所有追求詩的人去認真體會。

　　「詩的播種者」覃子豪先生，只活了五十二歲便因膽囊癌不治而過世。每年的十月十日他的忌日，都有大批他的老友、學生到他墓園銅像前向他致敬。他的軀體雖已化灰升天，他的詩魂卻依舊隨民國的成立同樣光輝久遠。

（由青年學者劉正偉與向明合編之《新詩播種者——覃子豪詩文選》已由爾雅出版社出版，誠品及博客來網路書店均有出售）

二〇一一年二月十八日　於臺北拇指山下

秀實的兩岸三地詩蹤探源

　　常言「文章千古事，得失寸心知」，照說所謂的文學評論家便是多管閒事的一群人。人家做文章的既然都心裡有數，哪還有必要讓別人來說三道四。然而怪就怪在這裡，就有那些多事的路人，也就是所謂的評論家，總會對別人的作品煞有介事的指指點點，惹得別人有時感覺得到知音，有時會不免懊惱，我寫我的，干你鳥事？

　　我就是這麼一個不自量力的傢伙，前前後後這寫作的幾十年來總共寫了至少八本這樣，既不被學院承認，更不會被作者所認可的書，好在我從不敢自稱它是評論，頂多說這是讀書心得，或妄稱詩話。其實我常拿產婦和產科醫生來比擬作家和評家的分別，產婦生孩子是直接經驗，是自身血淋淋的體會中走過來的，當然得失寸心知。而醫生則是累積很多間接的接生經驗而豐富自己的，到底痛不在自身，得失自然有別。

　　然而從來沒有想到，除了我之外，香港的詩家秀實居然也在做這種吃力不討好的事，他在從事詩創作之外，和遊走於各大學或大學的專業進修學院任教新詩寫作之餘，也不知不覺的寫了許多這樣的文章，欲結集成書，稱之為《止微室談詩》。看到這「止微」二字便令我蕭然起敬，這年頭一片「Be Big做大」之聲不絕於耳，誰還耐煩自細微中求真知。而秀實卻將「止微」為他文學思想的核心價值，就像「止於至善」一樣的要求接近完美真實。他這些文章就這一「止微」高見的標榜，比我那沒心沒肺的亂寫高明多了。也引起我對這些文字的高度興趣。

《止微室談詩》分為「臺灣篇」、「港澳篇」、「大陸篇」三大類結集，計「臺灣篇」有談余光中、葉莎、閑芷、瘂弦四位詩人的名詩四類。這四位臺灣詩人兩老兩少，兩男兩女，兩老均是臺灣前輩赫赫有名且已成為偶像的大老，被談作品亦是經久不墜的名作，如書中所舉余光中的〈與李白同遊高遊高速公路〉，這首詩談論的人很多，但秀實卻認為「能成功把古典用於今事的詩作並不多，常見的是對古事舊典生吞活剝，胡亂置配而美言飽學的作品，而余這首運用古典，結合今事，無牽強的燴雜，無炫耀的堆砌」。秀實且認為現代社會已不會出現像唐代李白那樣的詩人了，把他拖到現代社會來Kuso一番，讓他見識一下現代詩人窮途的一面。真是不凡的設想。至於說到另一名老作家瘂弦的詩〈鹽〉，秀實在這裡做了排難解紛的工作。按〈鹽〉一詩是瘂弦唯一的一首散文詩，這種自西方傳進的詩體，自始即受到國人認係非詩的懷疑，一直爭論不斷，秀實在這裡卻做了比較合理的調解，他說：「這不足二百五十字的文本，既無法說它是詩，但也絕非散文，這就是散文詩的真身。優秀的文本便是強而有力的無聲抗辯。」我常認為在「詩」字的前面加上任何的「指示形容詞」，一定仍應是「詩」，而不是指示形容的什麼東東。因此我非常同意秀實以「詩」為本位的看法。對兩位美女的詩，談葉莎的詩由詩的傳統、詩的自然觀，以及葉莎出版的詩與攝影合集《人間》所收詩的舉例分析，歸結出的看法是，書寫自然是詩的永恆母題，但現代文明的進程已向科技及經濟轉軋，人心與自然的距離變得愈來愈遠，因之許多詩人歸向於身體寫作，有些且剔去了思想的刻度，他認為詩歌寫作其實就是考量我們的思想深度，發現浮泛世相後的真情實況，這是秀實在讀過葉莎某些有身體書寫傾向後的一些忠言，難得這麼坦誠的提醒。在對〈讀閑芷詩筆記〉的一篇中，秀實在回顧自己大學時代對現代文學求知時所獲得的一些經驗，其中有一段話對詩創作極為優秀的閑芷而言極為重要，詩的追求，不能安於現況，總得挑戰更大的難度，

其最高層次即便是在為「事物」命名，重組「秩序」。他認為閑芷在「失名」與「命名」之間，在「失序」與「秩序」之間寫下了不少動人的詩句。其語言功力已具體可見。

本書第二部分「港澳篇」中計有九篇論詩的文章，分別是：〈風吹過了，殘留著樹影──讀丁平詩〉、〈揚起的浮塵──談舒巷城〉、〈抗命的精神──讀羈魂近作〈病體五題〉〉、〈劍聲鏗鏘，落花寂寥──路雅武俠詩的一體兩面〉、〈詩歌與人──讀李華川〉、〈談神祕詩學兼及西草之詩〉、〈談周瀚的後設詩歌及其他〉、〈為詩一辯──讀謝傲霜詩作隨感〉、〈澳門城，讀洛書〉。

港澳兩地雖都是彈丸小島，且都被殖民統治過，但地小、環境特殊並未影響到詩文學的發達，從南來或自本土培植出來的鄉土詩人，都在這兩個當年是祖國境外的地方耕耘出不小詩的成績。我們且看這九篇文章所論的九位詩人的詩，每個人的詩都有各自的特性，都可自成一體。足可見這兩地詩環境的不凡和複雜。也可考驗秀實面對如此聲勢浩大的雜處實力的能耐，現代新詩通常所具有的表現諸法不外孤獨、絕望、荒誕、神祕和死亡，這些詩人的詩也不例外，自學院出身的秀實，對來自西方的現代主義新的潛規則和中國傳統詩所有技巧和法則，他都熟諳的運用在自己的詩創作中，現在面對什麼神祕詩學、後設詩歌、病體詩或武俠詩，自然應付裕如，他都以詩語言的呈現和思想深度是否能發現浮泛世界背後的真實情況為試金石，不能通過這兩基本檢驗，他都會予以點出或暗示。

在此九篇中，我以為〈讀丁平詩〉和〈路雅武俠詩的一體兩面〉兩篇最有價值，也早應有人論述。論丁平先生文學資歷，他和臺灣詩壇耆老覃子豪先生是同輩，同為一九三九年重慶中訓團新聞研究班同學。也是在大陸就寫詩。避居香港後，他在廣大學院（前身為未撤退來香港的廣州大學）開班授課傳授臺灣的現代詩。論成就他和從臺灣去在中文大學執教的余光中不相上下，但丁平一生低調處世，也不參加香港任何文學活動，故此他的存在鮮有人知，至

於他的詩作，由於他從不宣揚他自己，作品從不示人，要不是秀實有心發掘，將他的不多的詩，風格屬柔靭一路的詩在本文透露出來，文學史上是會缺上一小角的。

詩人路雅也是一個在香港詩壇非常低調，卻一直勇於嘗試作風多變的詩人，他有一首詩〈尋找〉，他說「尋找讓時間變得更真實／即使一條小草也變得柔亮」，足見他的勇於嘗試是在求得自身的充實。一位使他獲得宗教慰安的牧師說路雅是一個不甘受縛於輪椅的靈魂，欲藉新詩的翅膀破繭而出，他有古典的俠心，充滿天人的契合，因此他嘗試寫的武俠詩《劍聲與落花》也是他在文學事業上開疆拓土的另一種嘗試。在這「詩有各種可能」，「越界寫作」甚囂塵上的今天，路雅在二〇一三年即已在作武俠詩寫作的嘗試，是值得鼓掌的。

就兩岸四地的大小比例言，這第三部分的「大陸篇」也僅只寫五家的評論，可說有點迷你，只能說是隨機取樣吧，當然不能代表那幾十億人中即使是很少數的詩人。秀實在論說中曾經說：「詩人永恆的成就，建立於他存留下來的作品。」這句話可以說最公允也最具體，詩人作家的令名能否成立全在其作品是否能經得住時間的檢驗。因此秀實面對此五篇具代表性，可具體分析發揮的文論，除〈艾華林詩歌詞條十則〉係採逐條像釋義樣的予以簡析外，其他四家則採學術論文式引經據典，條分縷析，做挖深織廣的深度、廣度探討。這裡面在首篇〈這五首詩──成龍三十而立〉中一起始便對〈候診室〉一詩認語言極其精湛，無論分行分段都抹殺不了其藝術價值，為他「詩唯語言別無其他」做了強力例證，然到第二首〈清遠的雨〉他即毫不保留的認為「行旅的詩篇多是平庸之作，因其未擺脫『記事』與『寫景』的思維束縛，不能直戳外在事物的核心」。這是一個負責任評論者的好心，不怕傷人的處理態度。

〈詩卷裡的這一個城〉是秀實讀廖令鵬詩集《連續的城》的一些印象。秀實在廖令鵬描寫一個叫「南頭」城區，其為時間光影

留存的一首中長詩讀後，他認為詩人在這首詩中，表達了詩歌作為人文關懷的一種力量。對所謂科技文明，對所謂發達城市的一種潛在抗爭。不由得在詩中做沉重的感嘆：「城市人已不如牛。」其實這種古老城區的蛻變，由鄉土樸實改造成觀光城市的奢侈繁華，正是許多欲走向「開發」國家的宿命，豈止如廖令鵬在詩中所感嘆的「子民不讀詩歌」。

〈詩心與詩象〉是秀實為女詩人阿櫻的名篇〈水塔〉的細微剖析。〈水塔〉是一首非常有新穎感，創意十足，其逆向操作的語言令人讀來有趣味的詩，譬如「把升高的水塔疊起來變成道路／把溫情的水蓄在身上變成河流」，這都不是一向只有線性思考的一般人所能想得出來的點子。秀實以「詩心與詩象」為題來討論這首詩，他引《文心雕龍》中「在心為志，發言為詩」來感嘆，現在太多只重後四字「發言為詩」，而忽略「在心為志」，也就是認為只要耍點技巧寫幾句便是詩，而沒把「心」放進去。詩成了空心大老倌，那是不能成其為詩的，他認為阿櫻的〈水塔〉是一首有詩心的作品，既得詩藝復有詩心，經得起他細微的剖析。

〈楊克詩歌閱讀札記〉是秀實《止微室談詩》的壓軸篇，也是唯一論及內地重要詩人的一篇。其分量當是非同小可。楊克由詩入仕變成大陸詩人中的中壯派，秀實藉詩求證其原因，他以楊克所寫處理生活的詩〈寒流〉和表現對大我摯愛的〈我在一顆石榴裡看見了我的祖國〉兩詩來證實楊克處理詩的非凡能力。就〈寒流〉中「白熊」這一象徵手法的意象出現，他認為這是一個精闢的述說，寒冷掏空了生命的實在，「我只好用布嚴實裹住自己／也笨得像頭熊」。寫出了人與自然那種相依的微妙變化。熊本來是兇惡的象徵，臨到危難也不得不裝「熊」一下以對抗另一危難。至於寫對大我摯愛的〈我在一顆石榴裡看見了我的祖國〉一詩，秀實以語重心長的態度說：「謳歌祖國的詩章難寫，因為詩歌作為人類精神的標高點，有其反建制、反權力的訴求，也是詩在物慾賁張下的存在價

值，欲成為大詩家必得在思維上具走向反建制，做人文關懷的路向，楊克選擇了這種高度，寫出使人掩卷難忘，思想與語言配合得極好的謳歌詩章。」秀實並在文末說，楊克詩歌因其語言掌握恰如其分，富於人文關懷，為迷陣般詩壇開了一個逃生口。我是非常信服秀實這種觀點的，因為我也是一個只認詩不認人的旁觀者。

二〇一六年七月二十六日

詩與常識的牽連
──評詩者的困惑

詩例一

〈軟枝黃蟬〉

　　　　誰能抗拒緊貼胸膛的
　　　　嬌喘，更用
　　　　柔軟光滑的裸體在你小腹
　　　　匍匐的女子？
　　　　枯瘦的那堵牆正在戀愛了
　　　　蒼苔和瓦葦識趣地
　　　　讓出床位、鼾聲以及
　　　　隨時可能傾圮的黃昏
　　　　　*　　*
　　　　畢竟老了衰陷的肩坎
　　　　怎能忍受一身
　　　　鮮黃的重量？
　　　　勾留在廢園邊　浪子不時
　　　　伸出輕薄的手指
　　　　撩起一串銀鈴
　　　　幾聲乾咳；

禁止
　　吉屋出售
　　攀折花木

　　此詩曾入選臺灣早年某年年度詩選，編選者對此詩的按語如下：「這首抒情短詩饒富理趣，都各有豐富的寓意和聯想。〈軟枝黃蟬〉的自嘲味更濃了，黃蟬棲在軟枝上，誠如作者所描繪的『老了衰陷的肩坎，怎能忍受一身鮮黃的重量？』作者近幾年來在感情上遭受了不小的挫敗，或許他是以黃蟬來自況吧。」

　　深讀此詩有三個罕見的名詞：一、嬌喘，二、瓦葦，三、肩坎，均乃作者自創，「嬌喘」或可勉強會意，但「瓦葦」則純屬虛構，植物學上根本無此一說。「肩坎」更無此說，有肩胛、肩膀、肩肌均乃人體肩部的組織。有「坎肩」，即背心，但此處並非指背心之類。此類有問題的名詞在初選稿時即未發現予以排除或加解釋。而原樣再搬上被視為一年中最具好詩示範的《年度詩選》。

　　而其「按語」所做的解釋更令人啼笑皆非。因「軟枝黃蟬」本乃一種植物花卉名詞，乃產自巴西，屬夾竹桃科常綠性灌木，夏季開五片花瓣的鮮黃色花朵。常見於臺灣鄉間及庭園。下按語的人解釋成「一隻黃蟬棲在軟枝上」簡直連詩的題意都沒弄清楚，更懶於查考名詞的出處，便妄作解釋，且扯出係作者感情生變所致，實在是極度的誤解和誤導。這首詩係選自主選者自己主編的詩刊上，刊出這首詩時即未對置疑的三個罕見造詞發覺並予糾正，選入年度詩選輕率發出謬誤之按語。而廣大的詩人群及學者評論家亦視若無睹，後來幸有沈僡先生在《葡萄園詩刊》對按語的謬誤予以為文指正，但造成的誤解卻已無可彌補，更有失該年度詩選之權威性。

詩例二

〈透視〉

一個老頭
仰面躺倒在環城西路上
　　＊　　　＊
他的自行車
飛跌出兩米開外的地方
　　＊　　　＊
一個老頭
仰面躺倒在環城西路上
　　＊　　　＊
他的四周
圍觀者眾
　　＊　　　＊
造成了這一路段
交通的阻塞
　　＊　　　＊
一輛被迫停下來的中巴車
車窗裡的眼鏡片寒光一閃
　　＊　　　＊
一個在大學裡教書的知識分子
已在其聰明的腦瓜裡小批了一下國民性
　　＊　　　＊
他不知道老頭已死的事實
自己在車上騎著倒下來就死了

＊　　　＊

他不知道圍觀者中

已經有多人反覆撥打120

　　＊　　　＊

他不知道行人在此時此地的圍觀

其實是送一位素不相識的死者上路

　　＊　　　＊

用很中國的方式

用很老百姓的方式

　　＊　　　＊

用沒有人味的知識分子

不以為然方式的方式（不文明的方式？）

　　＊　　　＊

他更不會知道附近西門城頭上紛飛的燕子

為什麼會在這個黃昏忽然多出一隻

　　＊　　　＊

所有的不知道都因為他是狗日的知識分子

既對生活現場中的人情世故麻木不仁

　　＊　　　＊

還性情乾癟得

沒有任何詩意

　　此詩刊於二〇〇六年十二月在美國出版之《新大陸》華文詩刊，作者為大陸現行最為人知的中生代詩人伊沙。伊沙為所謂「民間寫作」一群人之共主，主張詩到語言為止，不尚華麗含蓄的意象經營。

　　〈透視〉係直面挖苦知識分子的麻木不仁，從小事「車禍」透視出知識分子的「沒知識」，和不懂人情世故，非常精準犀利。但

非經仔細閱讀檢驗，絕難發現其中某些地方顯著背離了常情，也可說背離了常識。詩中的第八段說：

「他不知道老頭已死的事實

自己在車上騎著倒下來就死了」

這一段是作者笑知識分子不明就裡就小批一下國民性的真情實事（見詩第七段）。這應是作者伊沙所瞭解的車禍真相，老頭是自己從車上倒下來就死了的。然而前面第二段的車禍現場描寫，卻是這樣：

「他的自行車

飛跌出兩米開外的地方」

這應也是伊沙目睹的車禍真相，自行車已飛跌出兩米開外的地方去了。這就和第八段所說老頭「自己」從車上騎著倒下來死了的真相矛盾了。既然是自己從車上倒下死的，自行車怎麼會飛跌出兩米開外的地方去呢？沒有外力自行車是飛不那麼遠的。老頭自己從車上倒下來，車子應該緊靠他身邊才合理。

常常詩中出現的不合常情、不符推理的寫法，被高明的批評家視而不見，反而渲染這是「超現實主義」或「後現代」手法，甚至說這是故意寫的「荒謬詩」。其實這是寫家太有自信自己所寫都是詩，寫完連檢查一遍都不曾，便寄出發表了。而負責守門的主編人及批評家也懾於作者的聲勢，不敢隨便指出。或者認為這樣平凡一首詩，根本就不會引起人家的注意，然而作品一經刊發，即成為公共財，總會有人看到，稍一不慎，即會產生了嚴重的誤導作用，或以為詩人有此特權可以為所欲為。

詩例三

〈第五十九個玩笑：林發軔〉

　　這是一本詩集名叫《兩百個玩笑》，係由臺灣詩人黃克全所著，此為集中的第五十九首詩，每首詩係分成兩部分來介紹，首先是「小傳」，然後再是「詩作」。這第五十九首是這樣的：

小傳：

林發軔，祖籍杭州，二十六歲那年從上海撤退來臺，民國四十八年退伍。做過廚師、植樹工、鐘錶廠工人等等，現在一家水泥廠當雜役，獨居在河邊一棟鐵皮屋。

詩作：

蝴蝶般沉沉入眠
星子剛點燃不久
剎那間你便飛渡了半生
　　*　　　*
那曾經用一個眼神給你幸福的人
他唇角的微笑如夢
直到月光敲了記鑼響
你先轉身步入鑼響的負面
不願猜測誰先舉手拭淚

　　這本詩集全部寫的是兩百個風燭殘年老兵苦難的一生。而這首詩寫的是一個叫林發軔老兵，詩一開始便以「小傳」對這位被寫的老兵做了一段感性的生平簡介。下面排列的才是「詩」的本事，

是以超現實，以抽象思維的藝術表現手法，為該位老兵寫悼詞或墓誌銘。詩人在同一主題下，以兩種文體來呈現，本意在做上下互補的參照，以增加對這個被寫的老兵及這首詩的瞭解。然而，這樣的安排如果真給一位少小即已失學離家的老兵看，上層的小傳，無疑足以勾引起那塵封夠久的傷心悲痛往事，而令他們感慨唏噓。然而看到下層那詩的本體，他們便會如墜五里霧中，不曉得那幾行抽象的文字，到底在說些什麼。與上層那個人的小傳實在找不到什麼交集，遑論什麼互補或參照瞭解，簡直在各說各話。甚至將此一老兵的詩，搬到另一老兵名下，或與任何其他的人對調也無妨，因為它們上下之間本來就沒有直接對照關係。因之這本在封面上標明係「給那些遭時代及命運嘲弄的老兵」的詩集，其成功指數應是難以達到很高的。然而書中的大名家所作序言卻認為：「詩集中有的詩其實獨立性很強，其意象大多是自身具足，沒有小傳的說明，照樣可以具有詩本身那種無需外在因素支援的張力，詩的張力、詩的展開正是故事的展開。」這位名家的看法完全是站在純粹詩美學的立場而說的，這些詩當然有它足夠的獨立藝術性，但是卻沒有顧及到詩集封面上那句標的性極明確的立場，即「獻給那些為時代及命運嘲弄的老兵」的對詩文字的理解程度，等於枉顧一切，讓詩逕自出走，置被寫的那些老兵於不顧。這不更是一個大玩笑嗎？這樣的推薦評介是太袒護作者，甚或誤導學習寫詩的人對詩的認知。

詩例四

〈守夜人〉　余怒

　　鐘敲十二下。噹！噹！
　　我在蚊帳　捕捉一隻蒼蠅
　　我不用雙手

過程簡單極了

我用理解和一聲咒罵

我說：蒼蠅。我說：血

我說：十二點三十分我取消你

然後我像一滴藥水

滴進睡眠

鐘敲十三下、噹

蒼蠅的嗡鳴：一對大耳環

仍在我的耳朵上晃來蕩去

　　這首詩是大陸中生代名詩人余怒於一九九二年八月二十四日所寫的一首名作，詩一出現便造成轟動。臺灣評論家黃粱在他主編《大陸先鋒詩叢》十家中，余怒的《守夜人》便列為其中的一本。黃粱在該書序言中特別推崇：「在《守夜人》詩中，余怒的風格達到以個人匕首擊穿時代巨岩的範式力量，精采絕倫。」二〇〇五年十一月二十一日大陸的「詩生活」網刊中的「不解詩歌論壇」報導了一篇對這首詩的「八人評說」。這八人均乃當今大陸詩壇重量級的詩評家，他們的每一句話都一言九鼎，都對讀者和作者造成挑戰和誘導。這八大評論家對〈守夜人〉所下的評語簡述如下：

　　沈奇（名詩評家，著有《臺灣詩人散論》等評論集）：這首詩人與蠅的對峙，看似消極，實是決絕。妙處在於決絕之中，仍存難決。不崇尚反抗，而是通過價值比較的理解澈底唾棄偽價值體系。

　　李震（大陸名評論家）：這首詩是以語言內在張力構成，詩中的第八句第九句，以及最後兩句是真正屬於詩性的兩句。我認為「蒼蠅」在這裡具「解構」的意味。

陳超（大陸南京詩評家）：這是一首「極限悖謬」之詩，一首批判和自我盤詰的詩，短短十二行，達到了少就是多的境界。

陳仲義（大陸廈門大學教授，名評論家）：整首詩採用冷靜、內斂、荒謬的方式，以半寫實的手法製造一起既現實又超現實的事件。

周瓚（大陸北京女性名評論家）：一場失效的捕捉，一首失敗的短詩。短詩的複雜性不可通過詞語之間的鬆散，或漫不經心的關聯去實現。這首短詩存在意義空泛，具表達抽象而含混的缺點。

徐敬亞（現居深圳的名評論家，為當年崛起一代的代表性人物）：一個「守夜人」與蒼蠅對峙，結局平平，不就是「象徵隱喻」，「人被環境困擾荒謬悖論之類云云」。這種觀念還須圖解成詩嗎？本詩中唯一的發光點是「我像一滴藥水／滴進睡眠」和「一對大耳環／仍在我的耳朵上晃來蕩去」。可惜的是它被理性主題淹沒，如同一雙美麗的大眼睛藏在旮旯。

唐曉渡（現居北京的名評論家，一九九八詩歌年鑑的主編）：「守夜人」本是看守黑夜的人，然而他卻在致力捕捉蚊帳裡的一隻蒼蠅，且不用雙手，而用理解和咒罵，這是雙重的荒誕。然而也可有另一種解讀，鐘敲十三下應是下午一點，詩中的情境則是正午的情境。正午而以「守夜」名之，豈不更加荒誕？

謝有順（廣州中山大學文學院教授）：〈守夜人〉並不深刻，也無詩學的縱深感可以供迴旋。人與蒼蠅的對峙，這種力量懸殊的對比是要說出人的無力和失敗，或者暗示人的脆弱和無聊？

現在我想介紹一下余怒這位詩人，我引用二〇〇五至二〇〇六年首屆「後天雙年度文化藝術獎」詩歌類獲獎作品《余怒詩選集》的授獎詞對余怒的描述：

余怒是中國當代漢語詩歌的先鋒寫作代表人物之一。余怒的寫作指向未來，表現出一種不在場的寫作狀態。他把社會性、時代性的思考及人生的在場，悲歡、玩笑意識、深刻地埋入其獨特的詩歌語境中，試圖建立個人的『混沌詩學』理念。他為中國當代的詩歌精神及其想像力提供了新的實驗方向和閱讀方向。

看過前面八位重量級詩評家的評文，再瞭解授獎詞中對余怒的背景介紹後，我們得知每一位詩評家都極富詩學修養，且學貫中西，評文也各有不同的見地。但對余怒的深層寫作理念，似乎都缺乏瞭解，只有唐曉渡看出了該詩所要表現的荒謬，或不在場卻又直觀性極強的悖論。但他們所有八位銳利的批評法眼，卻對任何人都感覺得出的「常識性」的置疑，即一隻在暗黑蚊帳中的蒼蠅尚能飛得嗡嗡有聲，且嗜血，這一超出常人理解的知識場景，大家都似乎視而不見，卻拚命在明白得不用費言的詩的立意上、詞語上打擦邊球。也有幾位對詩中的「奧妙」做出了含混的溢美之詞，譬如說余怒的詩文本具「神祕」氣質，但蚊帳裡出現一隻蒼蠅不能代表神祕，而是如周瓚所認為的「日常生活場景的片段」。更不是李震所說的具「解構」意味。按解構並非對既定事實的「否定」或「摧

毀」，而是對存在做出挑戰或補正。把蒼蠅在詩中說成是解構實也勉強。當然說成一起「現實或超現實的手法」更是模棱兩可，說成現實倒可，譬如一隻蒼蠅誤入蚊帳，等人入睡時要在蚊帳內清場，蒼蠅被扇子趕出蚊帳外，這是常有的事。我小時在湖南鄉下即曾有過無數經驗，尤其當一隻牛蠅誤入蚊帳時簡直如臨大敵。須知已知的習慣告訴我們，蒼蠅在漆黑的蚊帳中，是不會飛的，蒼蠅有飛蛾的習性，在光亮處才活躍，因此更不可能在黑暗中發出嗡嗡聲。蒼蠅不吸血，頂多愛逐臭。因此這首詩是余怒故意悖離常識而寫的荒謬劇，正是他玩笑意識，「混沌詩學」的具體實現。但一個負責的評論家，不可忽略告訴讀者，蒼蠅會在暗黑狹小空間飛出嗡鳴聲，且會嗜血，是一明顯悖離常識的描寫，只有高明的詩人會化悖論為創意寫出一首看似荒謬卻新鮮的詩來。

　　我常認為評詩不是靠學問，學問太多，會堵塞住思想的通道。但不可沒常識或沒知識，常識愈豐富，為文便可得心應手，相對應的意象便可俯拾就是，據理發揮，不會產生誤解。批評家們更應理解作者的用心，寫出中肯的批評，不要硬套流行理論，或看不懂就略而不提，繞道而行。評論時點明其表現不合常情常理是批評家們應有的責任，讓不明就裡的讀者知道這是作者的創意作為。

當詩人與貓咪邂逅
—— 讀江文瑜《佛陀在貓瞳裡種下玫瑰》

　　我對貓這種既可愛又神祕的動物一直揣著兩大疑問難獲解答。其一是貓為什麼專門愛捉老鼠，以捉比牠小多少倍的小動物為一生的職志，這算什麼英勇？其二是在中國傳統十二生肖裡居然沒有貓這號人物，貓科中有兇猛的老虎，卻沒有溫順的貓，這是為什麼？我為此困惑了好久，後來才在一種民間傳說找到了一似是而非的解答，而且一舉同時解答了兩大困惑。

　　原來專門管理世間福祉的玉皇大帝當年在召募他身邊護法的時候，宣布誰先報名便錄取誰，額滿為止。貓和老鼠本是很好的朋友，但去佔位應徵的那一天，恰好貓因有點急事耽誤，請老鼠先去代為佔一個位置。老鼠機靈。滿口答應，一溜煙就跑去拔了個頭籌，得意之餘，興奮過頭就把貓的託付忘得精光，於是十二個位子，便由鼠、牛、虎、兔、龍、蛇、馬、羊、猴、雞、狗、豬，先來先到的秒殺上了排行榜，獨缺這隻一向自視甚高的貓，貓咪這下子火大了，視為這是牠一生的奇恥大辱，從此以後視老鼠為唯一的大敵，見了就撲殺無赦，倒不是老鼠味美，而是要慢慢捉弄牠至死，以出那口誤牠大事的鳥氣。就此一石兩鳥般，我的兩大疑團得到解答。

　　今天讀詩，讀到江文瑜教授致贈的她的第四本新詩集《佛陀在貓瞳裡種下玫瑰》，使我毛塞頓開，原來貓的專業並不只有捉那些渺小的老鼠也不只是那些名門閨秀手抱的溫順寵物，牠的能耐可還多，本領也早超出十二生肖中那些龍馬虎牛，也絕非雞犬

羊豬所可比擬。牠的眼睛瞳孔裡居然可以讓「佛陀種下玫瑰」，這些只有在形而上的神聖境界才有的場景，真不可小覷。另外讓我感到大吃一驚的是，使我憶起百老匯那部唱遍世界三十多個國家，九千多場的歌舞劇《CAT》。那部以貓為主角的歌舞劇，原都一直以為那是音樂人韋伯的原創，卻不知原是美國現代派名詩人艾略特（T.S. Eliot）的一部兒童詩集，名為《Old Possum's Book of Practical Cats》，這部作品艾氏寫於一九三九年，比他那得諾貝爾獎的長詩《荒原》（The Waste Land）還早了十六年的「貓兒經」，充滿了無盡的想像與天真，將許許多多奇奇怪怪各有來頭的貓來影射這個世界的無聊荒謬，反映了對現實的憤懣和不平。可以這樣說，如果艾略特的改編成音樂劇的《CAT》是對西方基督教文明的某些方面不滿和反諷（事實上，從文意表達來看要比「荒原」的繁雜難解親人得多），則江文瑜女士的《佛陀在貓瞳裡種下玫瑰》，是對東方佛學哲思智慧的一種親暱和闡揚，更為貼近我們中國人的生活氛圍和生存哲學。即以「佛陀」、「貓」、「玫瑰」這三關鍵詞而言，馬上可以與我們所一直追求的「真、善、美」人間境界相呼應。佛陀的靈性是「真」的顯現，貓的溫順是「善」意的存在，玫瑰無疑乃至「美」的化身，此三者結合的畫面，豈不正是我們中國人所一直追求的人生?!

江文瑜這本《佛陀在貓瞳裡種下玫瑰》詩集是她繼《男人的乳頭》、《阿媽的料理》、《合掌——與翁倩玉畫作合輯》後的第四本詩作。由組詩〈頑皮貓社團〉、〈貓的青春派對〉、〈中年貓的習題〉、〈逆時針貓科習題〉四段組成，代表不同階段的生命歷程，演繹並隱喻人生中的各種生活經驗、生命課題，及心靈與宗教的對話。至於佛陀與貓在何種機緣下神聖的交會，互放光亮，激出電光火石，在詩的組成交織中，似乎有點魔幻寫實的奇妙，皆因於一則日本奈良時代的傳說，珍貴的佛經從中國引進日本，是由貓隨同一路保護看管，這種無法求證虛實的故事，引領她逐步完成了這

本需要更多生命體驗和想像空間的新詩集。貓的未趕上做玉皇大帝隨身護法的遺憾，卻讓佛陀在牠的瞳孔裡種下了代表愛與美的玫瑰，顯示出一種更高層次的修行。

　　江文瑜是臺灣首位大膽嘗試「身體書寫」的女詩人，思想前衛積極，曾致力推動女性生命史的書寫，並曾擔任女性權益促進的工作，這麼一位敢於挑戰傳統以正為順的女性，一反而迸出「逆時鐘」迴轉的境界，回到東方的莊嚴殊勝的佛學天地求告解，透過只有貓方可在黑夜看得清世界的慧眼望出世界有如萬花筒般的折射，千變萬化，多彩多姿，真如艾略特推舉波特萊爾的那句讚語：「詩人的任務就是要在從未開發的資源裡找到詩材；詩人的職志是要把缺乏詩意的東西變成詩。」艾略特早就自己在追求了，我們的女詩人江文瑜更在急起直追。獲得此殊勝的成果。

二〇一六年九月三十日

▍讀楊煉長詩〈你不認識雪的顏色〉

　　昔日朦朧詩大將之一楊煉，於二〇一六年十一月十四日來臺舉辦《詩意的反抗》新書發表會，忝為老友，早在三個月前他就從德國以微信通知我，希望我能參加並聽聽我的意見，並將書的重要部分傳給我先看。我首先讀到的是〈你不認識雪的顏色〉這首兩百行長詩，副標題是「和尚強先生的畫作剩水圖」，展讀之時一開始的幾句就引人入勝，血脈賁張，那強烈灼人的意象背後所透露出來的信息，令人震驚，居然會在事件發生這麼多年以後的臺灣發表出來，個中的原委恐怕連我這老一輩的人中也得慢慢整理。這詩是這樣開頭的：

　　白綾拋起／亡靈眼中一枚剛剛排版的雪花
　　印製／山的皺摺／河的皺摺／人的皺摺／風長出魚尾／家嘔
　　下魚刺／人令你穴居

　　比老屋的屋脊高／比巫山祖墳上一根蒿草鬆脆／比神女空茫
　　的眺望；更無望／白綾般漫過你頭頂的水啊

　　一杯暮色的苦茶一朵含鉛的雲／盡頭堆積在這裡／淤塞的風
　　景每天更大
　　黏在鞋底這裡回頭就再死一次

看！哪個漩渦的渾濁盲眼／不在孵化一隻用咒語發電的黑蝙蝠？

　　這詩中的幾個關鍵詞如「白綾」、「巫山」、「亡靈」，以及最後的「黑蝙蝠」勾畫出的是一個時代黑白顛倒的象徵，苦難循環的搬演，各種皺摺的形成。首先是他在二〇一五年冬去造訪一位他舅爺的老友畫家尚強先生的工作室，在那裡他第一次看到史詩般的畫作「剩水圖」，一幅三米乘九米的抽象巨幅油畫，呈現的是長江三峽古今的歷史滄桑，跟隨的是三峽大壩建成隱沒水下，只剩殘山剩水，跟隨的是三峽兩岸移民，一步一回頭在自己的土地上流亡。十足表現出藝術家對現實世界的憂心，將廣大民間疾苦躍然畫在畫布上。且取名「剩水圖」，可說具撼動天地的功力。而在這些大地被虐的殘景之後，在畫室一角另一小幅作品更令他驚心，那表現的內容，他說都與二十七年前那個暴烈的夏天相關。因為「那一年」某日，尚強先生向天拋出了一條白綾，用相機拍下它飄落的樣子，結果遠看竟然是一隻黑色的蝙蝠，飄落在泛黃的背景前面，而那泛黃背景卻是昔日舊報紙的紙型，其上的文字都是記載當時發生的時事。作者認為，老畫家尚強先生向天拋起白綾，然後又轉換為黑色蝙蝠，是以這整體呈現的意象，顯示出這世界本來是光明亮麗的如雪一樣的潔白，也可說是人一生的清白，結果卻都轉換成為悼念亡靈時才用的淒苦黑色，楊煉認為其意義是在悼念這一生的命運。這命運不但是成千上萬三峽大壩兩岸原住民被遷徙異地流亡的苦命。更牽涉到他的兩個舅老爺，兩個中國偉大的詩文學藝術家都先後跳樓自殺以了結一生的悲慘命運。這兩個藝術家都是老畫家的舊識，更是這長江水域巫山腳下的子民，當然楊煉自己更是詩聖屈子的後裔子孫，屈原寫過史詩〈天問〉，向天發問關乎楚國興衰的命運，而楊煉「發出自己的天問」是要解開那個梗在他心中痛苦難解的結，如何逃出那個捲入那麼多人命運的漩渦。

這詩的第六十句提到他的兩個舅老爺，一個是一九〇二年出生的著名電影導演史東山，一個是早年與紀弦先生同輩同為戴望舒的現代派一員的詩人徐遲（一九一四年生）。這一段詩是這樣走的：

　　白綾　嶙峋的高度
　　輕飄飄的覆蓋……
　　閘門閘住的生命撲向死亡的溢洪道
　　魚腸村　離騷村　老人鼓到史東山　徐遲「噗」的墜地聲……
　　下葬一次是看得見的
　　粉身碎骨無數次是看不見的……

　　這段詩既描寫了三峽水壩的地景，也概述了那水域旁的人文，地景做了翻天覆地的改變，人文亦隨整個命運主宰者而先後悲慘地喪命。這樣與天地同悲的場景，要他這屈子的後代子孫如何不向天興起大哉問。兩位藝術家同是他的家人，卻都是跳樓慘死，而今仍找不到任何必死的原因。據知，這兩位老藝術家都是生活在當年國統區，與那些紅軍區的老革命有點格格不入。史東山先生的個性不大適應於那個大環境、大格局的改變，最後選擇跳樓輕生。恐怕也是不得已、不願忍辱偷生的結果。楊煉生得晚，沒見過這位舅老爺，我則有幸看過史先生導演的電影《八千里路雲和月》，是敘述八年抗日，整個中國人民毀家抒難的悲慘紀錄，我看這部電影時才十五歲，正一個人流亡在大後方，嘴裡不時唱著「流亡到哪裡？流浪到何方？」，看那電影時是一邊看一邊哭的，演出的正是我們活生生的寫照呵！另一位舅老爺詩壇前輩徐遲，則是在兩岸開放交流後在幾次詩人聚會中見過，由於他和在臺灣的紀弦先生最要好，也是早期中國新詩首創「現代派」的一員，對我們這些在臺寫詩者特別親切熱絡，記得是在一九九五年前後幾次，那時他已年高八十一，但瀟灑依舊，身材高大，愛穿花襯衫，愛跳交際舞。徐遲先生

曾為《國際華文詩人百家手稿集》寫過序，並留有詩和照片。但是到一九九六年十二月十三日傳來噩耗，居然從武漢同濟醫院六樓一躍而下慘死，死後猜測紛紛，有人說是夢遊，有人說是得了憂鬱症，有說是老境孤獨病痛所苦。而據我們當時得到的資訊是徐老是正在寫一部有關大時代滄桑的小說，因進入情境過深而誤入生死之門。總之這兩位老藝術家的慘劇，這些難以磨滅的記憶，不但觸痛了同輩老畫家尚強的那枝畫筆，更使他們的後輩詩人楊煉要據此以詩來悲悼之。兩百行長詩兼點題之作〈你不認識雪的顏色〉，既寫了可怕的時代，更深入了詭戾的人心，真是一首錐心難忘的詩作。

二〇一六年十一月二十日

艾略特認知的波特萊爾

　　但丁、波特萊爾和艾略特三人都是舉世聞名的西方詩壇聖者，很意外的我從艾略特寫〈但丁於我的意義〉一文中，讀到他所認知的波特萊爾，有別於歷來對波特萊爾的認知，真是獲益匪淺。

　　通常，文人相輕，中外皆然。但艾略特卻特別推舉波特萊爾，他居然驚奇的說：「詩可以那樣的寫！」全文如下：

> 從波特萊爾那裡第一次知道詩可以那樣寫，使用我們自己語言寫作的詩人從未這樣做過。他寫了當代大都市裡諸神卑汙的景象。卑汙的現實與變化無常的幻景可以合而為一。如實道來與異想天開可以並列。新詩的源頭可以在以往被認為不可能的、荒蕪的、絕無詩意可言的事物裡找到。我實際上認識到詩人的任務就是從未曾開發的、缺乏詩意的資源裡找到詩材。詩人的職業要求他把缺乏詩意的東西變成詩。也許我得益於波特萊爾主要是整部《惡之華》中這兩行，它們概括了對我的意義：
> 　　「擁擠的城市，充滿夢幻的城市／大白天裡幽靈就拉扯著行人」
> 我知道那意味著什麼。因為我知道我想要憑自己的能力把它寫成詩之前，我必須曾經經歷過。

　　現在看我們臺灣對波特萊爾的認知，可說非常粗糙，當年在知

識閉塞，對外來文化一知半解，囫圇吞棗的情況下，對這位赫赫有名的法國象徵主義大師波特萊爾幾乎是有些獻媚似的在盲目崇拜，紀弦先生成立的現代派六大信條中，第一條便說「我們是有所揚棄並發揚光大包含了自波特萊爾以降的一切新興詩派之精神與要素」，至於為什麼要自波特萊爾以降的一切新興詩派才開始學習，而不是自他以前或以後的派別，甚至為什麼我們中國這麼悠久發光的詩傳統一點都不主張去傳承，而全靠這稀薄的外來橫的移植，當時是沒有人能解釋得清楚的。現在看來恐怕連波特萊爾的名詩《惡之華》都遭到了誤解。臺灣現代派的成立可以說是衝著當時率性喊叫的政治詩和新月詩派的浪漫抒情詩，以及形式僵化的豆腐乾體而出現的一種反動，然而殊不知《惡之華》中許多詩都是採用西方十四行的舊格律，不正也是「現代派」要打倒的形式主義的詩，現在居然要學他，豈不自相矛盾？

倒是當時與現代派站在對立的藍星詩社有一些主張與艾略特所發現的波特萊爾詩的特點遙相呼應，譬如覃子豪先生在他的詩集《畫廊》的序中，便有這樣一段話：「詩，是游離於情感和字句以外的東西，而這東西是一個未知，在未發現它以前，不能定以名稱，它像是一個假設正等待我們去證實。」又說：「我不欲說明《畫廊》裡有什麼發現，我只是在探求不被人們熟悉的一面，《畫廊》裡有一部分詩作，便是探求的結果。」這「游離於情感和字句以外的東西」、這「未知」和「一個假設正待我們去求證」，不正是艾略特所驚奇於波特萊爾「詩可以那樣寫」的一些相同的怪招嗎？

從艾略特對波特萊爾的驚奇發現中，我們更可發現在「後現代主義」所要的各種花招實際上都源於波特萊爾的「要從缺乏詩意的資源裡找到詩材」、「把缺乏詩意的東西變成詩」以及「新詩的源頭可以在以往被認為不可能的、荒蕪的、絕無詩意可言的事物裡找到」等等召喚主張中。這種欲無中生有，這種要從一個假設中去求證詩的出現，正是現在詩往前走的唯一動能，更是後現代主義詩潮流的難得祖師爺呵！

（刊於《海星詩刊》二〇一五年十二月號）

專業與學院之間
——談須文蔚和他的詩

　　臺灣現今詩人群中大概可分為兩大類,一類是所謂的「專業詩人」,另一類則是「學院詩人」。專業詩人多半屬年長者,至低年齡在六十五歲以上,這些詩人多半是屬於二次大戰以前出生。由於大環境的動盪,他們多半都沒有高學歷,有的甚至連初中都沒有畢業。他們會去學習寫詩,完全是由於生存的需要,或當小孩子時一些古典啟蒙詩的啟示,使他們走上詩的旅途,於是一寫便是他們的一生。當這些人玩詩玩得正夯時,在詩壇製造風雲時,也正是學院詩人的孵化期。由於專業詩人那一代人或其他行業的人的含辛茹苦,不計代價的要使他們的下一代受到他們未能受到的完整教育,因而造就了不少而今在詩壇叱吒風雲的學院詩人,他們在詩的成長路上,不但受到正統詩的教育,而且受到各種高額獎金的鼓勵,光是在學生時代(直到博士班畢業)得到「全國學生文學獎」的詩人,據統計連年下來已近百,得到五六次到九十次獎者至少有十多人,但一脫學生身分,都是當今學院的教授。現在專業詩人一個個垂垂老矣,詩壇的一切權力結構及重責大任都已落在學院詩人這一代的身上。

　　專業詩人的詩可以說是「以我們的血肉築成我們詩的長城」,這樣苦拚而來的,他們憑著他們不凡的生活經驗和不斷的苦難累積無師自習而成的詩,如果還能經得起歷史的考驗,那也是他們一生以此為業的報償。學院詩人的詩是前人創業下的溫室中培植出來的,他們都有著豐衣足食、不慮匱乏的好命,因之他們的詩都很富

泰，都沒多少生活生存的怨嘆。因此學院詩人雖說懂得很多詩的學問，也知道如何經營一首好詩，但因缺乏生存的壓力或推力，詩總少些某種動能，頂多做些無事輒愁苦的苦悶表態。

當然這也不能一概而論，也有一些例外。譬如須文蔚便是一個，還有比他稍長的艾農，以及更長幾歲的汪啟疆也是例外。須文蔚雖說也是戰後在臺成長的一代，一帆風順的從學院中取得而今的學術地位，且是一位國內有名的數位文化傳播專家，但由於他成長在眷村，且一直與仍生活在老舊眷村的老兵父親住在一起，母親又是早年從福建來臺的第一代移民，須文蔚的生活視野仍是受著他父系和母系文化雙重教養的深深影響。他從父親那一代所經歷的苦難和厚實的文化涵養，使他寫出〈陪父親看失空斬〉和〈帶你去找我遺落了的乳牙〉，這兩首詩把一個軍人家庭祖孫三代的成長脈絡連接了起來；把一些快遺忘光的回憶發掘了出來；把一些再也無人重視的忠孝節義倫理觀念藉此回味，讓讀詩的人知道古典戲曲和古老習俗對我們有著多麼深遠的教化淵源。〈橄仔樹〉和〈鯉魚潭〉兩詩無疑是受到母系文化的深邃感染。橄仔樹和鯉魚潭都在臺灣東部看得到，臺灣東部各地也是早年噶瑪蘭人聚居的地方。噶瑪蘭人原是平埔族群唯一保留語言和文化的一支。歷史的流轉，噶瑪蘭族經歷了顛沛流離，漢族文化的強勢入侵和統治，讓噶瑪蘭在歷史的舞臺相繼黯淡。須文蔚在完成各級學位後，便到位於花蓮的東華大學去教書，對東部的人文地理有著深入的理解和投入，所寫〈橄仔樹〉即是噶瑪蘭文化的投影，和族人流亡的記憶。其中不免也暗示著臺灣這移民社會的傷痛。而〈鯉魚潭〉是花蓮最大的內陸湖，也是東部一景。須文蔚在東部教學之餘，詩的靈感、抒情的依託，以及對詩的興革遠景都是藉這麼一處水泊的意象作為提煉和擷取。須文蔚對加拿大詩人兼鄉村歌手的Leonard Cohon（也是Beat Generation垮掉一代的後繼者）非常欣賞，Cohon說：「詩只是生活的證據，若能盡情燃燒生命，詩不過是層灰。」須文蔚的詩都是在為生活找

證據，記錄和回憶生活中所曾經擁有的一切，使之不會遺忘，不致為時間所淹沒，簡言之，那是一種愛，「蠟炬成灰淚始乾」那麼偉大的愛。

附錄　〈陪父親看失空斬〉及〈鯉魚潭〉兩詩

〈陪父親看失空斬〉

　　陪父親看失空斬
　　在馬謖立下絕命的軍令狀
　　昂首走進史冊前，來不及惋惜
　　我已屈從於昨日加班的勞累
　　睡倒在沙發上

　　夢中猶是光棍的父親羽扇綸巾
　　站在滿天烽火的城樓上，身後
　　是和他一起潰敗來臺的弟兄、面前
　　是如雹暴般落在平野的刀光
　　鑼鼓點，一聲聲把恐懼折疊在石藍色鶴氅中
　　談笑間，以一張琴洗滌眾人耳中亡靈的哀嚎
　　父親把滴著血的劇本一把給擰乾
　　拋給戰後出世的我

　　我撿起腳本。跑著龍套
　　望著退卻敵兵的父親揮去滿臉的驚險
　　急忙調兵遣將
　　張羅柴米油鹽

與海島上不共戴天的偏見搏殺
廢棄一座空城
建築新的城鄉

我拋開腳本、跑著龍套
貪婪地撿拾戰利品，全副武裝後
成為蜀軍的逃兵。在風中依稀聽見
久未票戲的父親唱道：
「閒無事在敵樓我亮一亮琴音，
哈哈哈、、、
我面前缺少個知音的人。」

過門中加小鑼一擊
司馬懿還來不及唱西皮原板
我讓父親的寂寞給敲醒

註：《失空斬》為京戲中「瑜（周瑜）亮（諸葛亮）鬥智」
　　之三齣精彩折子戲《失街亭》、《空城記》、《斬馬謖》
　　之綜合簡稱。詩中文蔚之父親須澤為我當年在軍中最知
　　心的老同事，兩人均曾同時歷經風險，且都喜愛京劇。
　　《空城記》一折諸葛亮在城樓調侃城下司馬懿的那段唱
　　腔，最愛傳唱，也無非是宣洩胸中的鬱積耳。

〈鯉魚潭〉

　　在春寒尚未散去的夜晚
　　我們悄聲辯論抒情詩是如何
　　以省略細節的形式

以沿襲傳統的意念
在不經意的一瞬間打動讀者
深怕山谷裡的回聲，驚醒
蜷臥的鯉魚潭

飄風挾帶驟雨敲打屋簷
有無數玉磬摔落室內遮斷話語
你突然流轉到寂寒的孤島上
把我們習於取暖的笑語當作魚餌
垂懸在江雪中

在春雨剛剛停歇的夜晚
我們悄聲用足音拍打堤岸
安撫長年困居在山谷中的潭水
冷雨沒有澆熄的螢火蟲
是故鄉派來的刺客
從埋伏多年的草茨中飄然現身
剖開我們埋藏整個冬季的心事

寄許多喧嘩翻飛的往事灼亮了更多螢火蟲
記得你伸手捕捉住一點光
久夢初醒的鯉魚潭波動起薰風
記得你解凍了的笑聲是
春日裡最美的詠物詩

註：以上詩作均見於須文蔚詩集《旅次》及詩合集《七弦》。

詩的革新與挑戰
──從邢悅的三行詩想起

　　前年（二〇一三）的七月，我的郵箱裡突然擠進了一本乾淨漂亮的詩集名叫《自由句》，旁邊有一行字「一句話完成你的詩歌」。封面內頁有一段話，說：「凡是將心中感受以一句話為原則所創作的句子，即是《自由句》，它是數位時代的詩歌。要突破現代詩長期獨佔詩壇的局面。」對於這樣聲勢浩大（作者一百零二位，自由句約一千七百句，共計二百五十三頁）的一本詩集，我有點被嚇倒，這真是一個解構顛覆當道的時代，胡適之先生顛覆改革了那麼古老的傳統詩，讓自由詩自由橫行了才一百年，現在「現代詩」要讓位了，「自由句」要單刀直入的打破這獨佔的局面。

　　其實這名為「自由句」的詩歌早就出現過，原名「一行詩」，係源自古希臘的Monostich，美國詩人John Holland的〈A Oneline Poem〉內有一首詩就只有一個英文單字Universe，連一行詩都不能算。中國大陸陶保璽教授所著《新詩大千》把這種只有一行的詩稱作「微型詩」，認為這種詩具格言和警句性質。一九七九年十月北京《詩刊》上雲南詩人麥芒曾有一首名為〈霧〉的微型詩是這樣寫的：「你能永遠遮住一切嗎？」這只有九個字的一行自由句曾經在《作品》、《海韻》等文學雜誌上大起爭論。

　　一行詩看過後，一本《當世界留下「二行詩」》詩集出現時，我也吃了一驚。這本「二行詩」集是老友泰雅族詩人瓦歷斯‧諾幹在部落教學寫的「課堂詩」。他將詩思限縮於兩行文

字，比流行的所謂「小詩」更精簡、但卻承襲了古典漢詩如對聯、諺語等的美學成分，也都只有兩行，也都講求對仗，譬如〈水塔〉一詩：

> 蹲在雲影的下方
> 陪伴寂寞的水聲

又譬如〈花盆〉所寫：

> 我們用移植的山野
> 招喚久違的大自然

其實印度詩哲泰戈爾也有兩行或三行的短詩，在《螢》（Fireflies）這本有二百五十三首短詩的集子中，「二行詩」幾佔一半、譬如第四十九首：

> 上帝等著用愛去砌成他的廟宇，
> 人們卻帶了石頭去。

又譬如第二百一十五首：

> 真正的目的不在於到達極限，
> 而在於無限的完成。

現在一整本的「三行詩」也到了我的案頭。詩的行數這樣由一到二到三的遞進實驗，其實也是一種現代詩人自我的創作挑戰和形式突圍的追求，我國古典詩中只有四行的絕句和八行的律詩，詞則隨其詞牌要求做音韻節拍的轉折而形成多行數。澳門青年詩人邢悅

這本集子是向「三行詩」挑戰的旗手。他從他和父親談書法，感到簡單寫幾個字都需要遊刃有餘的手與心，他乃在一季之內，在勞逸之間，積極把這一百首三行詩完成，隨偉大的生活切入命運中的人和事，從而有了這「三行詩」作一百首。

對於「三行詩」這一詩種在我國浩瀚的古典詩中固屬罕見，但卻是日本受我國古典詩影響而創作發明的「俳句」原形，日本的俳句也是三行體，但它是按照「五音、七音、五音」三個長短音節，共十七音所寫的一首詩。是世界上僅次於羅馬二行體「詩銘」的小體詩。俳句傳入我國自有學生留日開始，一九一二年周作人在提倡寫小詩運動時率先把日本俳句引進，他認為俳句是「一刹那的感興」。日本俳句中國化後稱為「漢俳」，改日本俳句的多音節型，為我們單音節型的五言、七言、五言，成為一種三行式的新格律詩，有點像絕句或小令，可押韻或不押韻，由於形式嚴謹，寫者必須要有好的文字功力。香港詩人曉帆一生研究俳句，他寫有五種不同風格的漢俳、像〈琴手〉一詩便是其代表作：

自從那一夜
彈響了你的心弦
我才算琴手

邢悅的這一百首三行詩並非「漢俳」的風格，也不是那種五、七、五言嚴謹新格律，它是三個「自由句」的組合，自創出新意，別看只有短短的三行，有的也頗耐咀嚼：

#10
接下來
我要傾聽誰呢
行道樹、電話亭還是心

#33
這不是我們所熟悉的
無奈嗎
不可理喻的風或愛情

#43
誰不知道當下就是現在呢
一首詩
多少個瞬間

#64
冬日的斜陽
你捧雪的笑靨
是我見過最美的事

#83
笑與哭
是人生的草稿　所以呀
日子過得一片空白也不錯

　　這些自日常生活中所濾出的「一剎那的感興」是頗有詩的含蘊和況味的。這是一個追求創意、自出機杼的新時代，我極贊成寫詩的人要有勇氣向各種可能或不可能的方向找到詩。自文學革命推翻詩的秩序性（格律）和音樂性（韻腳）以後，不少人一直在想找一個可行且為大家所認同的新形式來整頓詩的自由和浪漫，然而這似乎已不是在短時間內可能達致的事，想想古典詩的典範是花了幾千個春秋的不斷試煉，才能那麼爐火純青。我對邢悅找

到一種形式的詩來開發，舉雙手贊成，只是還須有更多的鑽研和
付出。

二〇一五年三月十八日

註：邢悅係澳門青年詩人，作品曾入選《港澳臺：八十後詩人選
　　集》，本文係其《邢悅三行詩》選本之序。將由許赫所主持的
　　獨立出版社出版。

翻轉年代傑出的詩人
——序《臺灣1950世代詩人詩選》

　　對詩文學沉迷得深邃的中生代詩人陳皓，除了不畏艱苦，半路又考進學院去研究詩，苦寫學位論文，以求得對臺灣詩文學發展與底蘊的真知外，最近又繼已完成出版的《臺灣1960世代詩人詩選集》之後，往前推進，繼續編選《臺灣1950世代詩人詩選集》，不死的雄心，令人敬佩。完稿之後，指定要我這已快溢出世代的邊緣人說幾句讀後感想。實在感到有點惶恐，因為我們這一老世代的人真是出道得很尷尬，除了不學無術，毫無任何學術根柢可供發揮，只是憑資格老而混得一個詩人頭銜，可能會道出一點點寫作經驗，也難以成篇，而今要數出這些世代精英的成就與戰果，真是欠學，力有未逮。

　　曾經以純寫詩者的身分參加過三屆由北京大學、北京首都師大和臺灣詩學季刊合辦的「兩岸中生代詩學高層論壇」，參與的兩岸詩學專家學者曾有數十篇論文提出討論。我提的論文題目是〈龍種自與常人殊／論臺灣中生代詩人之成長〉。這裡所指中生代，就臺灣文學界的一般認定，係指自一九四九至一九六九這二十年間出生的詩人，也就是臺灣俗稱的五六年級詩人，亦即陳皓所稱的「一九五○、一九六○世代」。

　　就我的淺見，他們這一代的詩人出生於戰後一個歷史大翻轉的年代，且歷經過海域不安的驚濤，自一九四九至一九六九這段時間，可以說是臺灣中生代詩人的保育期，這時期之前有二二八事件造成的族群誤解不安，緊接著是金門砲戰，兩岸局勢緊張，和臺灣

本島彌漫的白色恐怖，這些自小耳濡目染的精神歷練，無異於自啟蒙就讀過一本深奧的大書，這對他們日後的詩文學無異早就有過十全大補的經驗助長。

再就他們自小成長發育的時代過程言，戰後臺灣面臨的經濟困頓與物資匱乏，民生凋敝，幸而由於領導者積極勵行努力振作，實施土地改革，耕者有其田，成立化肥廠，肥料直接補給到農家，達到糧食自給自足，為了發展經濟，貨暢其流，開闢中橫、南橫公路，完成環島鐵路。自六〇年代後期起，吸引美、日等國勞力密集工業進駐臺灣，成立加工出口區，帶動臺灣經濟起飛，緊接著實施十大建設計劃，至八〇年代初一躍而成為亞洲四小龍之首，而開放黨禁、報禁，實施九年國民義務教育等等富國利民的措施，使得這一代成長的年輕人，都因經濟富裕而在安定中都受過大專以上的教育，普遍都有文學碩博士學位，較之四〇年代戰火苦難中熬過來的詩人，真是足夠幸福恩寵，也有足夠的寫作資本。

根據詩人張默在他所編《臺灣現代詩編目》臺灣詩人出生年表統計，自一九四九年至一九六九年出生的詩人達三百八十人之多，而即以一九五〇至一九五九這十年間亦有一百七十人之數。而陳皓所選之《臺灣1960世代詩人詩選集》及現今編就的《臺灣1950世代詩人詩選集》兩本均僅能收入三十三人，而後一本中尚有兩人非張默現代詩編目的統計中，他們是在八〇年代才開始進入詩壇，不像其他詩人早已在雨後春筍般的五六〇年代的各種自辦或合組同人詩刊或報刊上嶄露頭角，當年的精英分子，都是現在的詩壇重鎮，掌握著當今詩人的發言權。

至於能收錄在這兩本詩選中的詩人為什麼會不如張默編目年表中的應有統計人數，而萎縮至現今的每本僅三十三人，說來這是詩人之痛，更是編選人的困。時間嬗遞非常無情，有的已早逝，有的已半路改行，有的自謙太弱放棄入選，當然更有人自視過高，放棄與別人同槽，人上一百形形色色，誰也勉強不得。倒是陳皓看得

開，他說他已盡力竭誠邀約，這本未能選入，他還會繼續編下一本，反正這是本年代詩選，只要是中意同行的，隨時盍興乎來。

二〇一六年九月九日

詩社・詩刊・詩選
——序《詩海星光——海星詩刊選集》

　　詩社、詩刊、詩選這三者雖說出生有先後，但其構成實是三位一體的，有什麼樣的詩社就會辦出什麼樣的詩刊，最後才會編出什麼樣的詩選。這和什麼樣的球根開出什麼樣的花，結出什麼樣的果，以及俗諺所云：「好竹出好筍，好爸生好囝。」緣自遺傳基因決定的同一道理。

　　臺灣詩社和詩刊多如雨後春筍，有的高齡達一甲子以上，有的現正中壯，更有尚在嬰啼，都各自憑著各自創社理想在經營壯大自己所辦詩刊，做出各自詩學的成績。臺灣詩壇的興盛發光，讓兩岸三地的詩友同好敬佩羨慕，實由於各詩社在互相競爭較勁下的努力結果。

　　任何存在的生物，和凡有呼吸的個體，其能存在發展都有其獨特的個性和特點，否則就無法顯出其能出類拔萃、卓然不群的獨特精神。早年臺灣三大詩社「現代詩」、「藍星」、「創世紀」之所以能風雲一時，永遠保有其光亮，蓋因他們的風格內容涇渭分明，各擁有一群精英詩人在創作不同風格的詩。三大詩社一直在做詩學競爭，詩必須是競爭下的戰利品，凡保守、躊躇和不思追求創意者，雖存在亦等於空無。

　　「海星詩社」可說是一新崛起的詩社，自二〇一一年九月創刊至今也不過六年的時間，也才出刊二十四期。詩刊的命名往往都極為通俗，多半都在名稱上顯出那本詩刊成立的期許與抱負或使命。獨有「海星」的命名非常特殊，很難想像一種海底生物會與詩扯上

關係，而且海星的存在並不十分普遍。直至細心的查考，才在詩刊的封底找到「一則有關海星的故事」，看出命名的端倪。這則故事是從《心靈雞湯／Chicken Soup for the Soul》這本勵志文摘中找出來的，大意是說，有一個人在黃昏的海邊散步，發現有人往海裡不斷丟東西，他走近一看，那人丟的是一隻隻被海水沖上岸的海星，他好奇的問：「為什麼要這樣做，這麼多成千的海星你丟得完嗎？」那人說：「那些沖上岸來的海星會因缺氧而死掉，我雖無能把這些生物全丟回海裡去，但是我知道，我丟回一隻就可改變這隻海星的命運。」看到這樣充滿寓意的故事，因此知道「海星」的兩位創辦人莫云女士和辛勤先生，他們的創辦「海星」，理想與抱負是多麼的不同凡響，可以說是懷抱著保護並拯救詩這塊文學寶地的重責大任在辦「海星」，這也暗示著他們對詩刊選稿的一個期許和方向。當今詩人之多，真如沖上岸來的海星一樣茂密，但他們也只能擇其優者選用，因為這關乎著這位被選用作者一生的詩運，也顯出「海星」是本著「優質而多元化」的創刊理念，而墾植出這麼一片花團錦繡、鳥語笙簧的詩文學花圃。

而今即將要出版的這本《海星詩選》，可說是海星詩刊六年來詩創作的總成績，也是準備面對大眾詩愛好者的一次大挑戰，因為這些已刊出過的作品已成為一種公共財，必須接受來自十方詩信眾的品頭論足，得到他們的喜愛或批評。海星詩刊一向每期有「主題徵詩」這個主欄目，這更是詩創作的競技場，各方好手雲集，針對專題各擅勝場。這本詩選的另一最大特色即是年長或久已成名詩人的大退場，無論兩岸三地甚至歐美東南亞各地入選的詩人都是以青壯詩人上陣，不再迷信只有名家大師才能有好作品。新詩百年的新氣象，可在這本《海星詩選》上看出一小塊閃亮的曙光。

一本詩選這麼夯的站在這裡，就一個創作者旁觀的立場，我應為「海星」做出盛大貢獻的兩位負責人就我所知透露一點他們的私祕。負責整體編務的莫云女士係我國文壇宿耆早年臺大中文系教授

臺靜農老師的最後及門弟子，詩學根柢得自臺老師的親授真傳，極為深厚，創作評論無一不精湛獨到。擔任詩刊發行人的辛勤先生本為一資深詩人，專攻精鍊小巧的短詩，他本是跆拳道高手，及長距離游泳健將。他們都曾在詩壇歷練多年，熟悉詩壇生態，及一切詩出版發行鉅細事務。此次《海星詩選》的出版，工程浩大、瑣事繁細，他們兩人合作處理一切事務，無任何外援幫手。為求完美，他們決定先將詩刊作暫時性休刊，全力完成這本階段性的詩選出版。「海星」一直義務性的寄贈全臺灣及全大陸省市各大圖書館，《海星詩選》亦復如是，要讓全球的華文詩界都共享詩的光榮。

二〇一七年七月十八日

王憲陽很陽光
——懷念他對「藍星」的深情

　　在這星空無限藍的日子、對「藍星」投入最多、寄望最深的藍星詩社同仁王憲陽居然在他才七十四歲的日子，便被病魔劫走了，真是令人難以信服，真是叫人深覺天公實在不公。天下壞人、米蟲那麼多，為什麼忍對這麼一個對世界熱情、對文字忠誠的可敬的詩人下手？

　　藍星詩社係於一九五四年三月在臺北市中山堂旁露天茶座，在覃子豪、鍾鼎文、余光中、夏菁、鄧禹平等詩友的討論下，組成詩社，並命名「藍星」。待到是年六月覃子豪先生借到當時發行甚廣的《公論報》副刊半版篇幅，於六月十七日開始每週五出刊一次《藍星新詩週刊》，是藍星詩社成立後的第一份詩學刊物。這份週刊網羅盡當時詩壇初出道的年輕詩人、如白萩、林泠、瘂弦、周夢蝶等大將。這份當年唯一出版的報紙型詩週刊出版了四年多達二百一十一期之後（一九五八年八月二十九日），因報紙停止發行而終止。

　　王憲陽原係笠詩社創社發起人之一，他沒有繼續參與笠詩刊的活動，也沒有參與眾多年輕詩人加入正火紅的主知的現代派，而在守住詩傳統抒情的藍星詩社詩刊上寫詩，並支持藍星的一切作為，這是一件罕有的選擇，只能說這就是所謂投緣吧！王憲陽正式獻身藍星詩社是《藍星新詩週刊》停刊後，於是年（一九五八年十二月）由同仁出資再度創刊為一折疊型的《藍星詩頁》（又稱「小藍星」）上。他在創刊後的第三期即開始發表作品〈冷的斷想〉、與洛夫、吳望堯、黃用、羅門、夏菁等共用篇幅有限、卻僅限精品的

詩頁版面。這份迷你型詩刊代表著藍星奉行抒情傳統與當時現代主義主知詩觀的融化轉折，呈現出一種溫和現代抒情詩的新風格，除王憲陽外，當時尚有阮囊、商略、夐虹等新旋律共同主奏，一時蔚為風尚。王憲陽除不時有新創作發表，並曾主持第五十八期至六十三期編務，屢出新招，極有生趣。

這份小而美的詩刊辦到一九八四年六月三十日出刊的七十三期止因改版停業。改版後變為二十五開本的《藍星季刊》，頗有接續一九六一年十月至一九五一年十一月，由覃子豪獨資主編的《藍星季刊》四期（第五期已編妥尚未付印，覃氏即因病住病終唯至不治，詩刊亦隨之壽終）之意，故又名《藍星季刊復刊號》。這份新的藍星版本詩刊，原係我在成文出版社翻譯外國旅遊文獻而結識社方負責人黃成助先生，他聞知我所主編過的藍星刊物已停刊準備改換版型，成文願意出資達成我們改版的意願，並稱如果辦得不脫期，又內容堅實，他們願意每期付稿費。這是一種前所未有的極大鼓勵，在藍星堅強作者群的支持下、本應積極有所作為、編出一本空前未有的詩刊。然而由於部分老同仁主張，認主編一職應由全體同仁逐期輪流擔任，不應由任一人獨擅，以示公允，同時大家均可歷練。此本為一可行的構想，但編輯一份詩刊的任務並非人人可以勝任，尤其根本沒上過編輯臺的素人、因此，每一任上臺便不知如何著手，再加之全係兼差，脫期乃係自然之事，有時一年尚出不了一期，而且每次均由我出來善後。編輯有張健、夐虹、方莘、羅門、羅智成等六七人輪流（我是救火隊、不能具名），直到快十年後的一九八三年，成文不願再這樣毫無希望的支持一個扶不起來的阿斗，才由林白出版社出資，由王憲陽接手主編了十六、十七兩期《藍星季刊》，然後便又無以為繼了。王憲陽雖又出來收拾爛攤子，但他和我一樣均非主幹，只能乾著急，唯恐這麼一個有輝煌歷史的詩刊會無疾而終。

這時候王憲陽已不再教書了，改行去紡織界做布匹外銷生意。

在無法兼顧之下、他便淡忘了詩好長一段時間，因之在我後來主編九歌版《藍星詩刊》（一九八四至一九九二年），這八年的三十二期詩刊上，他沒有發表過一首詩，他的三本詩集《走索者》、《千燈》、《愛心集》及《新詩金句選》均是一九七八年以前的作品。

　　九歌版《藍星詩刊》創刊八年後的因故停刊，也恰是爾雅版的《年度詩選》停辦，一九九二年是臺灣新詩厄運的一年，卻觸發了一批拙起的中生代詩人的覺醒，蕭蕭對我說：「沒有關係，我們馬上辦一個新的詩刊，來延續這兩本詩的出版物的新生命。」這就是《臺灣詩學季刊》的應運而生，我這個老生代詩人做了這本由八人出資創業的詩刊的首任社長。在我和憲陽都無餘力再為藍星分心的情況下，藍星這塊老招牌沉寂了七年，直到一九九九年才又獲王憲陽的大力推薦由淡江大學中文系接力支援，並重新命名為《藍星詩學》，總編輯為該系教授，藍星中生代詩人趙衛民擔任。王憲陽在臺大中文系畢業後，曾任教臺北市私立延平中學，趙衛民是他的學生，還曾經支助過衛民及其他幾位困難的同學，所以《藍星詩學》有他的愛徒接任，他非常高興，總是對我說：「你要支持他，把你的編輯經驗傳授給他。」我說：「那是應該的。」衛民的家就在我家隔壁不遠，我們常見面。而他自己除再寫詩支持詩學，並且募款為新生代詩人出版詩集，共兩次六人，這是臺灣新詩史上一次前所未有的創舉。我曾誇他對「藍星」真是有情有義，而且總是在絕望時付出希望，總是滿面陽光。

　　《藍星詩學》不負詩學之名，除原有的老同仁均大力以稿支援外，並推出專題特輯與同仁回顧專號，校園詩人區與評論譯介文字，具創新與傳承的特色。

　　唯季刊出至二〇〇四年三月號第二十一期後，便暫停出刊。原因是「藍星詩社」至二〇〇四年創立已屆五十週年，趙衛民早在一年前即籌備為藍星五十週年出版專刊，向各方邀稿，計已完成紀念專輯，及史料特輯共三大冊。如此重大的慶典，如此珍貴的文獻，

本應有發行人的序言做對外闡述說明，然這篇序言等了三年，一直沒有交卷。在此期間王憲陽一直不停的對我詢問，要我催一下發行人。我說我當面或電話已不知問過多次了，每次都回答說要寫，忙完手邊事就寫。還有遠在美國柯羅拉多的藍星創社大老夏菁亦曾電話函件不斷，要我催請，但都無功，我亦無法。《藍星詩學》最終是在二〇〇七年第二十四期以「藍星詩刊五十週年紀念專號之一」刊出余光中等七位藍星老同仁的過去回憶文字，和社外研究藍星各個不同時期刊型七篇文章而草草交代結束的。藍星的光芒，從此只能在歷史上尋找它走過的軌跡。而今憲陽大去，多少是要帶著遺憾和不捨的，究竟他為藍星有著太多的付出。

註：臺灣「藍星詩社」資深詩人王憲陽於今年元月三月因病過世，
　　享年七十四歲。氏係臺灣臺南歸仁鄉人，早年臺大中文系畢業。

▍評詩心怯

　　這個時代詩的美學取向是多元的，各種詩的思潮雖不明顯卻仍在暗潮洶湧的各自撞碰，更多捨棄傳統（並非古老的傳統，甚至六七〇年代流行過的）出走而去。使得仍在傳統中留戀不前的人（尤其老一輩如我者）不知所措。在寫作上，有趣的是，粗鄙化、戲謔化和假古典化及向無厘頭的電子遊戲機故事取材的詩作更多，更明顯。

　　詩的指向對身體更加關注，「超文字」、「超領域」、「跨界」寫作，更是最流行的詩歌遊戲，這種前所未有的詩方便寫作，使得新一代詩人更快速成長，寫作狀態更加自由，真如大陸一位評論家所形容的，常常突然有天才詩人「橫空而出」，令人不知是喜還是憂。

　　這是一個消費、娛樂和享受混雜在一起的時代，面對各種誘惑力卯足勁在向你挑戰，詩人也是凡人，和一般人沒有兩樣生活在其中，使詩如何免於各種病蟲害的入侵，得有一點定力，也就是現在正流行的所謂「淡定」，才能突出一個詩人不同於一般人的樣子。

　　最近被邀去參加好幾個重大文學獎的詩評審，看到過甚多參獎的作品，雖並沒有我在開始所談到的那些流行風氣，語言也並無太詰屈聱牙的恐怖，當然也有些創新的表現，但都可以接受。可以說這些詩都比較抒情，冗於想像的內容比較多。也有些人關心比較實際面的題材，寫的是客觀世界看到的人和事。

　　用想像世界寫詩並非不好，只是比較空靈，讀的人跟起來會非

常吃力，因為想像是非常個人的，私密的，外人不得而知的，除非使用一些有共同感受的意象來傳達。而且用想像力來營造詩，比較依賴靈感，甚至從潛意識去捕捉一些東西去填實，或者從典籍書本中去找材料，形成「資書以為詩」的弊病。

　　現在似乎用觀察這個世界來寫詩，詩人以批判的態度來看這個世界比較切實際些，也比較讓別人能親近參與些。這也是當今寫詩的一個大風氣，今年南北出版的兩本年度詩選，北部的《臺灣詩選》，南部的《臺灣現代詩選》所選的詩幾乎均以關懷現實面題材為主。主要是我們生存的這個世界面對太多不可大意的威脅，譬如對生態環境的保護，對地球溫室效應日趨嚴重的警惕，對弱勢族群的關懷，以及倫理親情關係的日趨惡化，都已引起大批詩人拿來當題材來書寫，現代詩的發展面事實上已超出單純個人情緒的發洩，愈來愈多途豐富，已達「但肯尋詩便有詩」的方便，其實這才是詩創造力應有的表現，也才是詩不會太遠離人的方向。

　　我每次去評審都會首先聲明我來這裡不是以專家的身分、教授的身分、學者的身分、大詩人的身分來這裡評詩。這些輝煌的成就我一個也沾不上邊。我認為所有寫出來的詩最大的目的是讓讀者能夠接受喜歡，而且能成為一種大家都會認可的好作品，我是代表讀者來看詩的，我要站在讀者這一邊，對讀者負責和主辦單位負責。別把我看得太高，我沒有那種超凡入聖的本領，但要學會有孫悟空那種辨別真偽的火眼金睛。

詩的跨界轉型
——自辦「詩・永無止境」詩展有感

　　說起來誰都知道詩是一切文學藝術的最高境界，實際上它是非常內斂的，靦腆沉靜的，不像歌一樣可以響亮的站上舞臺，不像畫一樣有模有樣的展示在畫廊或其他公共空間，也不像小說樣可以改編成戲劇，拍成電影。詩卻只能隱身在字裡行間，棲居在紙本上，直立在書架上，長年與灰塵為伍。一首詩如果有幸得了一個大獎，可能會在報紙上出現那麼一天，然後便名落孫山外，再也無人記起。所以詩常被視為小眾藝術，而在出版者言，詩集則為票房毒藥。

　　然而，事實上詩卻是像空氣一樣不可或缺，沒有人可以在真空中活下來。詩也是隱形的，卻隨時在我們生活周遭出現，在活化我們感情，調劑我們生活情趣，甚至鼓舞我們生存的鬥志。「感時花濺淚，恨別鳥驚心」，這種世間的真情奧祕，只有詩人的慧眼才可發現道出。

　　我的這次作詩的展出，將文本的詩，也就是名家將我的詩用他們的墨寶寫出來贈送給我的條幅或轉軸，如周夢蝶先生用瘦金體書法寫我的詩〈馬尼拉灣的落日〉；亮軒先生用他遒勁的行書寫我的詩〈靄中山陵〉，兩位大家不但膽寫我的詩，還都附加上溢美的評語予以加持，可說都是難得一見的珍品。還有我用自體書法寫出來的詩箋和詩集；另外我用很多廢棄的素材，如各種小瓶塞、瓶罐，保麗龍的各種套墊，甚至丟在垃圾堆中美麗的包裝紙等將之拼湊出一個人形或圖案，都因抽象呈現，無以名之，我稱之超文字詩作，

我深信詩並非全屬文字的空靈意境，詩的火種事實上隱藏在各個隙縫角落，等待我們去發現，我的這些無以名之的圖像只是一個挑起詩人想像力的釣餌，袁子材說：「但肯尋詩便有詩，靈犀一點是吾師，夕陽芳草無情物，解用都為絕妙詞。」即是這個道理。我想我們寫詩寫久了的人，常嘆該寫的東西都已一寫再寫的寫盡了，我想我的這些非文本的抽象拼圖可以助燃一些枯竭的想像力，究竟詩是一種永無止境的追求。看過我這些抽象拼圖的超現實主義詩人碧果說這就是「超現實主義表現」的抽象畫，就像克利的畫中有流動的詩，畫家及美工設計的李顯寧小姐則說我做的都是現正流行的跨界藝術行動。

　　事實上詩的展出並非我所獨創，詩早已立體的、生動活潑的展示出來過，我都曾參與展出。現舉出幾個實體的例子：首先在一九七八年學戲劇的汪其楣教授自美返國，自組「聾劇團」帶領四個學生以手語方式演出詩人作品，是以另類方式在臺灣發表詩作品的開端，記得在北市峨嵋街幼獅藝廊以手語演出楊喚、敻虹、方莘、羅青及藍星詩社諸詩人的作品，真是讓人眼目一新，原來詩也可以提供這樣無聲勝有聲的享受。

　　由詩朗誦家蘇蘭老師，在七〇年代初期訓練她的小學生加入簡單的肢體語言和表演動作在新公園露天舞臺做詩朗誦，得到普遍好評，是後來轉型為白靈所設計的「詩的聲光」，使詩正式走入「詩表演」的最先開端。「詩的聲光」簡而言之就是利用多媒體的協助，將詩予以立體化、聲光化、藝術化，是一種獨立於文字以外的詩發表或展示的最新媒介平臺。記得我的詩〈午夜聽蛙〉及洛夫的詩〈武士刀〉及〈過辛亥隧道〉都曾由一位平劇的武生李曉平在臺大視聽教育館及耕莘文教院的舞臺翻滾表演過，其受歡迎的程度遠超出一般人的想像，更動搖了詩只有用文字寫出才是正途的疑慮。有多媒體詩人之稱的杜十三，主張錄影詩的羅青，主張詩應另類化羅青在八〇年代曾將近百首名家詩作予以聲光化，表演化在各地做

多場演出，將大量原本屬於詩的愛好者都找回來。

八〇年代末，北市國父紀念館對面的「春之藝廊」，點子最多的詩人杜十三在那裡舉行非常罕見的「貧窮詩展」，參展的詩人們必須各出奇招想出一件非文字稿的詩作去參加展覽並且義賣，當時正是「視覺詩」的尾聲，很多詩人拿出視覺詩的作品去參加，我不是一個視覺詩的擁護者，書法也很彆腳，為了求創意，我找來一隻旅行社贈送的鵝黃色旅行袋，在無任何文字圖案的一面，用黑色油漆題了一行字「百無一用是詩囊」，囊即是口袋，也是臺語「人」的讀音，百無一用其實就是我們寫詩的人自己，夠窮了吧？這隻旅行袋據說是被一位女士標去了，標價五千臺幣，是那次展出賣出最高的價位。

這以後臺灣便再也沒有這種另類的詩展出活動，連臺北市舉辦多年的朗誦詩比賽，各中小學爭得頭破血流的場面也不再有，詩刊卻如雨後春筍，但都出刊後即消失，只有女詩人龍青和金像獎詩人黑俠，他們以退休金投資在北市臺大附近開了一家「魚木人文咖啡館」，仿照成都女詩人翟永明的開設「白晝酒吧」，專供詩人們來此做聚會表演展出。魚木的最特殊之處是室內的所有白粉牆上，供詩人們在上面揮毫題詩，同時也辦詩表演活動，一時風聞海內外，大陸及東南亞來臺訪問的詩人也會去留下他們的詩句墨跡。這是一個最成功的詩展覽場地，可惜他們不堪虧損，停業近兩年了。

我這次的獨立自辦展覽，所幸有文訊的濟州庵文學森林場地的支援，並提供一切方便助力，得以順利成功的展出，並有好多詩友同好及無數喜愛詩文學的人前往參觀指教。因此我深信展出的最大困難是沒有合適的展出場地平臺，而濟州庵得人文地利之便應該會繼我展出之後有更多詩友將作品拿去展出，詩是應該永無止境的去追求的。

二〇一六年十一月八日

如何以詩丈量時間

　　青年詩人林德俊在〈遊戲把詩搞大了〉之二十二的文章中（載《明道文藝》二〇一一年十二月號）提出了「詩人如何丈量時間」這樣的大哉問。他舉出向明、羅智成、杜十三及林金郎等人詩中所呈現的時間感各有不同，他將這幾人的詩各依其屬性予以歸類。關於我（向明）的部分，他將我在二〇〇三年七十五歲時寫了〈老來〉一詩，將之做了以下這樣的分析，現先看這首八行小詩的原貌：

〈老來〉　向明

　　離子宮太遠了
　　而墓塚，就在緊鄰
　　這一前一後的
　　黑暗世界
　　不覺的，正慢慢拉近
　　像兩片厚重的幕帷
　　遮住中間
　　空白的一生

　　他說：「詩人將子宮與墓塚形容為兩片黑暗世界，中間乃人生舞臺，當舞臺上的帷幕慢慢收攏，便是一生將盡了。此詩乍讀之下予人悲觀之感，因這一生所獲竟是空白；但多咀嚼幾遍，猛然一

覺，其實這首詩相當淡定地透視了某種真理，畢竟生不帶來，死不帶去，能把此生視為空白，那是放手而自在，倒讓人想起《般若波羅蜜心經》：『色即是空，空即是色』的佛理了。向明此詩，呈現出一種極致濃縮的時間感。」

我這首將近十三年前所寫的短詩，發表時沒什麼反響，中間經過這麼久，也沒誰提起過，肯定已石沉大海，如其他好多短命的詩一樣，好像從來沒有這回事。誰知毫無預警的，被林德俊在「遊戲」中將它從千千萬萬首詩中搜尋了出來，予以提拔分析，也算這首短詩命好，暫時成了出土的陶俑。

我寫此詩時正好走入七十五歲。人能從七十五個春秋中熬過來，不能不說也算命長。尤其我們這七老八十的一代，這七八十年歲月中所含納的，所經歷的，相信不是空前，也是絕後；相信今後我們這古老的國家也絕不可能會再有什麼辛亥革命、軍閥割據，日寇入侵、焦土抗戰，跟著國共內戰，倉皇撤退來臺，幾乎國亡家覆，這一連串的大禍，連喘氣的機會都沒有，便接踵而來，造成中國歷史上從來沒有過的這麼長久的兵連禍結，極不安寧。而我苟延殘喘的能從中活到七十五歲，還能寫詩描述〈老來〉，應該還算健康的了。

然而我這首詩「草草的」將這老來的一生，像將兩片帷幕拉攏在一起，便算閉幕了結，中間那麼豐富精彩的「節目」，不但未見端倪，還說那遮住的中間是「空白的一生」，這過程是不是太「極簡藝術」了些？太方便行事了些吧？

我這「極簡」的傾向，我這「方便行事」的習慣，可能與我的凡事不想拖泥帶水、不願盡興放肆有關。我很喜歡李白那首〈朝發白帝城〉：「朝辭白帝彩雲間，千里江陵一日還。兩岸猿聲啼不住，輕舟已過萬重山。」李白突然聽到皇帝老子赦免他流放夜郎，急從白帝城放舟東下江陵的喜悅心情，藉沿途匆匆而過的景致，將空間之遼遠，與時間的急速，壓縮在僅僅只有二十八個字的七言絕

句中，既充分表達了暢快愉悅的心情，更表達了時空速變的驚詫，如此輕巧，如此輕快，讀來真令人感覺渾身自在。我認為好詩便應有此「片言明百意，坐馳役萬景」的張力與痛快，原不必費時將細節顧長描述。德俊說我這詩呈現出一種極致濃縮的時間感，我確實是在朝這向努力的。德俊最近亦已辭去副刊繁重的編務，偕著靜煒回到臺中老家去自行創業去了，他們都還青春年少，便知急流勇退，放手去追求自己的人生規劃，他們的人生，將來一定不會有我這種老來「中空」的感受。

讀《光從未來對你寫生》

　　當我接到《光從未來對你寫生》這個題目的書稿以後，便一直感到不知要如何把這幾個字代表的意義把它理順出來。光，不是從「當下」而是要到「未來」才會為你寫生，那表示當下是沒有光，而是黑暗，必須要到未來有光時、才能對你清晰的描繪。看起來這是一種對當下前景感到失望暗淡，而對未來懷著一份光明的期許和必須付出的代價。這本詩集應是在如此具有積極進取的意義下誕生的，首先立意就值得稱許。

　　認識這本書的作者塗沛宗是在《海星詩刊》創刊不久的一次座談會上。記得那次會上有多位年輕詩人問我問題，其中一位問我要如何為詩這個名詞定位，我記得我沒有把中國古代認為「詩言志」，或「詩者，思也」等等老套說法為詩下定義，我將美國詩人現代派大師艾略特對詩的看法介紹出來：「詩可以從以往認為不可能的東西裡面去找，就和超現實主義一樣從未曾開發的、缺乏詩意的資源裡面去創作，詩人的職業就是要求把缺乏詩意的東西變成詩。」這種自不可能的所在去找詩的進取心，也就是現在講求的「追求創意」或「無中生有」，可說凡是對詩有興趣、有野心的詩工作者都必須從這個方向去努力。塗沛宗這本初生的詩集似乎就採取這種向荒原開發的毅力，我極為贊成。

　　現在我們來看這本詩集的架構內容，這是重點所在，一種硬碰硬的考驗。

　　塗沛宗這本詩集係分五輯加以分類，分別是「對鏡」九首、

〈安寧〉六首、〈寫生〉十六首、〈畫世〉十六首、〈時空的隱喻〉九首，總共五十六首詩，各詩長短不一，最長的〈安寧〉寫父親重病往安寧病房計共八十四行，最短為兩行的〈交換禮物〉。為了瞭解，我試著從各輯的標題進入，找出標題對這輯詩的提示或暗示，找出這輯詩的寫作趨向或歸類，或從詩的形式找出其表現屬性，及思想內涵，總之，我得找出一條彷彿若有光的通道，方可登堂入室，一窺詩集的堂奧。

然而，無論我從哪一個方向去著手探究，都無法整編出一有系統的屬於那一輯詩的可能共同歸類，他的詩太豐富了，也就是說這麼多詩的出現都是筆端的自然流露，不是計劃寫作，更非應命的應景文章。它不是源自某一流派，更非流行的漂學。它的詩不是為了某一真理意念而發，也不是懷想某伊甸園而神遊幻境；更不是為某一意識形態而揚起高蹈的主張，或對生態的乖張做出撻伐的呼喊。但是整體去細察，發現我對它所有的指涉和細節都巧妙的含蘊在其中，他也可以把神聖的「三民」大膽地Kuso成「三P」；把煮字療飢的「讀書會」解構成「口水滴得那麼短／疑問卻好長好長／舌頭比柳葉刀更犀利」的嘈雜市聲。詩集開首的第一首詩〈對鏡〉便說：

> 時間是一面鏡子，站在面前，我看見自己是顆化石。
> 恥於琢磨不出光滑的語言，我迎頭撞向鏡子，想把自己碾碎
>
> 「哐──」，竟爾穿透過去，成為詩。

總之，他在這詩漫無標準可依，詩無任何度量衡可以估量評定，詩人在向各方越界登陸，向各種不可能去的角落隙縫去找新的詩蹤的今天，塗沛宗的方法是把頭撞向當面的時間鏡子，而使自己終於碎成了詩；他向四面八方去做嘗試，去做開發，去做探險的各種努

力，終而能有這樣豐盛的成績交出來，看來他這份對光明前途的期許，光對他的未來寫生的前景，已經是指日可待的促其實現了，他對詩的追求行為是非常前瞻且壯烈的，在此向他致敬祝福！

二〇一五年六月九日　於臺北拇指山下

┃詩乃永無止境的追求

　　首先要感謝許世賢先生對我的賞識，邀我在他的獨立出版社出版了一本書，書名叫《詩，infinite》中文應該是說《詩是永無止境》，這本書裡除了有文字詩，還有一些非文字創作、一些奇奇怪怪的廢棄物拼湊。要沒有這本書也就沒有現在的這一切，根本不可能會有今天的我站在這裡大吹法螺。

　　現在我要因為這本書而衍生出的我所理會出的一個理論，就是物理學家愛因斯坦所發現的偉大的「物質不滅定理」，物質不滅指的是物質的質量不滅，而且能量恆定，質量和能量相互依存。這本是一個物理學上的定律，也許會和我所說的詩有點牽強，但是就詩的意象巧配上來說，似乎還滿登對。

　　就在這個月十號，國家文學館委託文訊雜誌社為一些七老八十的老作家所做的「作家研究彙編」，也有屬於我的一本。在那天召開發表會時，我的這一本據封德屏總策劃的報告，說是所有八十歲已經完成出版的書中最厚的一本，不是前後的後，而是厚薄的厚，我拿到之後也覺非常沉重，不知怎麼我有那麼多的資料可供別人研究。我拿回家之後，拿給我的內人，格格看後大驚失色的問：「老爺！你怎麼會寫了四十五本書，而且將近一千首詩吧！」我一聽也嚇了一跳，好像做了什麼壞事樣的心裡恐慌，不知要如何回答，但隨即想到三十多年前我才五十歲出頭時的一個同樣的場景。那個場景我寫在一首詩〈生活六帖〉中的第一帖：

早晨出門時
妻走在我後面驚慌的說
你的髮梢
醞釀著秋後葦花的變局

我說，哪有這種糗事
現正彈足糧豐
它們未經一戰
怎可擅自
就把白旗挑出？

這是民國七十二年元月出版的《藍星詩刊》上的詩，曾入選《72年詩選》。也收錄在九歌出版的《水的回想》中。

然後回到現在，我在今年元旦前，我去理髮回來，一走進門，老妻又驚奇的對我說：「老爺！你的頭髮不但全部白光光，而且頭頂上的頭髮都快掉光，已經看到發亮的頭皮了！」我更不知所措，今年我已近八十八歲，時間竟容不下我的頭髮，不但變色而且拔光，何其殘忍！

但是那天我自己去翻動這本厚書，忽然想到愛因斯坦的「物質不滅定理」，我發覺我那些由黑變白而又脫落的頭髮，並沒有隨風而去（gone with the wind），而是已經變身了。黑黑的頭髮已經變成黑黑的鉛字，白髮已經鋪成了白白的紙張，它們全都再度結構成了一本屬於我的書。這就是我的一生的成就。

以上是第一個故事，下面再硬掰另一個「物質不滅定律」，就是現在的所謂「資源回收」。所謂資源回收，看起來滿新潮，是個新型的社會運動，事實上在早年那個農業時代，這個就叫做「廢物利用」。我小時候在鄉下農村看到的是，譬如稻子收成後剩下的稻草，看起來是廢物了，可是它還大有用處，是牛的主食、可以打

草鞋，可以拿來蓋屋頂，就是牛拉下來的牛糞，更可以做堆肥。總之還有很多用途，只要會利用它，真是物盡其用的啟發，這就是我所說的「無用之用，是謂大用」的意思。也即物質不滅的另一種狀態。我這人自小就喜歡搞設計，喜愛幾何圖形，習字喜歡有輪有角的隸書。八九歲時躲日本人在鄉下沒地方讀書，連一間小學都沒有，只好讀私塾，生吞活剝一些古書和《古文觀止》、《幼學瓊林》等啟蒙書，另外我很幸運，姑丈（上海美專畢業的書畫家）將一大箱三〇年代的新文學書疏散到鄉下存放。我偷看了全部，這是我新文學的「啟蒙」營養。由於我又寫又畫，學校裡班上的壁報常是我包辦。我非常珍惜任何設計出來的東西，直到而今，我的書房裡堆放了各種廢棄的設計品，別人卻認為另一種文明的垃圾，我卻為一張丟在垃圾堆裡的漂亮的包裝紙寫過一首詩，我認為那張被刊用過的拋棄的包裝紙仍然是一種生命的存在。

> 已經皺巴巴的
> 扔在垃圾堆裡的包裝紙
> 仍然自我感覺良好的
> 在炫耀自己的美姿
>
> 活得多麼自在呵
> 只要曾經擁有過
> 以為天長地久的永遠保持
> 一堆破舊在一旁自嘆不如

　　這也是一種「物質不滅」的看法。別看它已被利用而遭遺棄，但它仍意興風發不減當年，仍然活生生的樣子。
　　我記得不知從哪一年起，我收集了許多廢棄的瓶瓶蓋蓋和脂粉盒子，甚至不知哪位小姐的高跟鞋跟、頭髮夾，和紙杯、鞋襪等等

沒有用的廢棄物，我就將它們拼湊出一個個東西來，讓它們栩栩如生的聚在一起。記得有一年的九九重陽節老人會上，我曾將這些小人人裝在一座架子上去展覽過，大家都很奇怪我到而今這種年紀，還像小孩子一樣的愛玩。

我記得展出來後，我那做動畫導演的女婿阿杲看了，他說如果寫出一個劇本，把這些小人人串起來演出，必定會是一部很有創意的動畫片。將一高一矮的兩個做主角，可以編出很多故事。可是我最不會編故事，那會花很多時間。對這個畫面寫一首詩，卻是比較容易。結果在一旁的格格說話了：「你看一高一矮站在一起，除了個子其他好像足滿對稱。」我馬上想到這首詩可以用「平等」這個意象，於是我寫下了：

上下
左右
高矮
肥瘦
黑白
臉型
等等
不能齊頭平等
除了腳下土地
母親立足之處
大家一律平等。

這不就是我們常說的「立足點平等」的畫面嗎？這個畫面配這首詩在《文訊》雜誌的「銀光副刊」發表。老友詩人辛鬱當時尚健康，他給我來了明信片，說：「老哥呀！什麼材料到你手上都可寫成詩。」我回答他說：「但肯尋詩便有詩，靈思一點是吾師，夕

陽芳草無情物，解用都為絕妙詞。」我做了這些莫名其妙的小人人，原先只是把它當作好玩，不想它還是一種「釣餌」，可以釣出一首詩來。

我用買咖啡帶來的杯套，幾個疊套起來。再在上面裝上一個人形的襪套紙墊版，胸口安裝一藥丸包，成了一個奇形怪狀的人模人樣，《華文現代詩》的主編林錫嘉老弟看到後說可以拿來做他的詩刊的封面。後來果然印在第四期《華文現代詩》的封面上，由於我在封面旁留下「請照此圖，寫下你們感覺出來的詩」，果然在下期（第五期）便有三位詩人依此視覺標的物，各寫下一首詩，各首的標題、手法，和意象取用都不同，都非常精彩。後來臺南的女詩人翁月鳳小姐也在我的詩集《詩，infinite》看到這個畫面，也寫下一首風格更不同的詩，同時也對「仕女像」寫了一首詩，更是反應奇特，大大豐富了這個畫面的含金量。王維曾說：「詩中有畫，畫中有詩。」我的老師覃子豪先生也說過：「詩是一種未知，等待被發現。」這麼多個無以名狀的畫面，它的視覺效果會引人寫出這麼多詩來，可見詩的火種，其實藏在各個角落等待發現，我們用文字把它再生以後，便有各種創意的詩寫出來，使我們的詩的成果更豐富。

其實這個引蛇出洞，無用之用的求詩方式，許世賢先生早已在默然的做，不為人知的把自己嘔心瀝血設計出來的Logo、標誌和圖案，都配上自己創作的詩。他最偉大的一個工程《這方國土——臺灣史詩》，這本讚頌為臺灣獻身的英雄的書，收攝宇宙、天地、星雲的各種有形意象，寫成各種感人的詩篇。這些自視覺、感知而來的詩的動感，都是超現實和形而上的顯現，都是因作者創意的解用所鑄鍊而成。許先生最新的一本書叫《天佑臺灣／天使的羽翼》，是將攝影大師簡榮泰所拍攝的一本臺灣風景攝影集配詩，一共七十四幅臺灣本地風光美麗且深度的攝影，他在每個畫面都配上一首詩，視覺印象給他美感，給他的想像力發揮到淋漓盡致。他這本

《天佑臺灣／天使的羽翼》真是像天使一樣的天女散花，兩種藝術的美都綻放了出來，真是「畫中有詩意，詩中有畫境」。

最後我要強調的是所有藝術的一個共同點，它的最高境界都是「詩」，而且詩是藏在任何一個角落、一個縫隙，等待我們去發現，詩不會消失，除非我們沒有想像力、沒有搜尋的本領，尤其一些抽象的視覺存在，裡面的含詩量最豐富。我們一些寫了幾十年詩的詩人，常常會感嘆：「寫了幾十年的詩，該寫的都寫盡了，真的不知還有什麼可寫。」愛因斯坦曾經對現代藝術說過一句名言，他認為：「想像力比知識更為重要，知識受限於我們所知道的範圍，所瞭解的領域之內，但想像力卻擁抱了整個世界，甚至那些尚未被發現、被瞭解的領域。」因此如何豐富我們的想像力去開發那些未被開發的領域。譬如我們做的這些無以名之的東西，或一些純抽象的畫面，都會引蛇出洞似的把詩引出來，寫出一些與眾不同的詩。其實這也屬於愛因斯坦的「物質不滅定理」。

詩人與詩的關係
——向明發燒語

- 詩人的敵人永遠是詩人你自己，除了自己誰也打不敗你。
- 詩人永遠是Solo，不可能合奏，也無法交響，詩人不應是隻應聲蟲，或一臺複印機。
- 詩人永遠是單打獨鬥去追求個人成就，沒有什麼詩隊伍，所以沒有什麼能要求詩人必須團結。
- 詩人是為自己而寫詩，詩是自己身上的排泄物，與別人無半文錢的關係，所以不要揣摩別人的需要而寫詩，而投稿，甚至迎合評審的口味去寫得獎作品。那是一種作踐自己，失去自信的作為。
- 高估自己，膨脹自己，心理學上說其實這是一種自卑心理的錯誤補償，自己偉不偉大要別人說了才算，最好讓同行心悅誠服的佩服叫好，不是阿諛奉承鄉愿的假意客套。那才有點可以告慰自己，但仍不可自欺。
- 詩無達詁，詩無定法，從前寫舊詩尚有格律可循，韻腳可依，至少形式和音韻有點標準可找，有所謂「熟讀唐詩三百首，不會吟詩也會吟」的方便，但是新詩已對這些已經完全失據，淪為自由詩之後，其實已自由到漫無章法，我常認為胡適先生把他初寫的新詩稱作《嘗試集》非常客觀，其實我們的詩仍然在不停的嘗試，做各種實驗，所以現在會有各種花樣的詩出現，誰也不能否定誰，這是非常正常的現象，因為詩早已沒有公認的詩的標準。
- 但是很多人，尤其大詩人仍然提出了對好詩的認定，我曾把它整理出來過，譬如蘇東坡就說過：「詩須做到令人不愛可惡處方為

工。」瘂弦曾說：「作到寫出好詩，煉字不如煉句，煉句不如煉意，煉意不如煉人。」最後我也提出了我的標準。我說我只知道詩的標準人言言殊，各有一套，從來無法形成統一度量，我的最低標準是（可能也有人像我這樣說過）：

如果一首詩
沒有體味
沒有妄想
沒有唾液
沒有臭屁
根本就沒有給它
存活時間
豈能好得起來

二〇一七年一月二十四日

對臺大臺文所徵詩問題作答

一、請提供向明個人資料

　　答：向明本名董平，湖南長沙，一九二八年生。一九四九年十一月來臺，寄居臺灣已達六十二年之久，從事詩創作亦已六十寒暑。一九五四年藍星詩社成立後即在藍星各種刊物上寫詩，成為藍星的一員，後來曾主編九歌版《藍星詩季刊》達八年之久。該刊停辦後，又與中生代詩人李瑞騰、蕭蕭、游喚、渡也、白靈、蘇紹連、尹玲、翁文嫻等人創辦《臺灣詩學季刊》。詩創作及論詩文字除在自辦之詩刊登載外，各報刊雜誌均有詩文發表。已出版有詩集《雨天書》、《狼煙》、《青春的臉》、《水的回想》、《隨身的糾纏》、《碎葉聲聲》、《陽光顆粒》，《地水火風》、《向明集》、《閒愁》等十本。詩話及隨筆等論說文字《客子光陰詩卷裡》、《詩來詩往》、《新詩五十問》、《新詩後五十問》、《我為詩狂》、《窺詩手記》、《走在詩國邊緣》、《向明新詩話》、《詩中天地寬》、《新詩百問》、《無邊光景在詩中》等十一本。散文集《甜鹹酸梅》、《三情隨筆》兩本。童話集《糖菓樹》、《香味口袋》、《走出阿富汗》三本。童詩集《螢火蟲》一本。詩編選《七十三年詩選》、《七十九年詩選》、《八十一年詩選》、《可愛小詩選》、《情趣詩選》、《讓詩飛揚起來》六本。自選集《向明自選集（臺

灣版）》、《向明自選集（大陸版）》、《向明世紀詩選》三種。譯詩選三冊，《向明短詩英譯》、《以色列女詩人阿哈羅麗詩選譯》、《覃子豪短詩選譯》。詩合選集《五弦琴》、《食餘飲後集》、《七弦》、《眾聲》等四種。

二、請問你在創作現代詩時，曾經閱讀哪些詩人的作品集或其他書籍？或是受到哪些作家的影響或啟發？

答：我的詩創作歷來即完全出乎我個人的生活經驗，和我自己涉世的體認，我不會跟著別人起舞，也沒有別人可供我追隨學習的條件。年輕初到臺灣初學寫詩時，那是一個棄聖絕智的時代，所有的書都禁絕，絕不鼓勵年輕人求知，尤其在軍中的我們。因此我們得不到任何外來的營養，除了小時候在家鄉讀了幾天舊書的底子，稍微認識一點詩的質素外，其他全靠無中生有的自己摸索。後來我進了中華文藝函授學校詩歌班，那也是為了想多學一點詩的知識，因為捨此，憑我們那初中才讀了一年的學歷，可說求告無門。進入中華文藝函校詩歌班，成了覃子豪先生的學生以後，由於覃老師對詩的熱誠，他知道鼓勵年輕人習詩能得到好的效果的最佳方法，是讓他們優秀的作品有發表出來供人欣賞品評的機會。他借當時《公論報》副刊的一小塊園地，每週五刊出《藍星詩週刊》一次。這塊小園地除了是當時他和余光中、鍾鼎文、夏菁、鄧禹平等人成立「藍星詩社」的第一塊發聲根據地以外，更是我們那時剛學寫詩者的培養土，我們函校同學像瘂弦、彭捷、蜀弓、麥穗，還有周夢蝶、張健、羅門、蓉子、阮囊、白萩等都是從《藍星詩週刊》開始出發寫詩，後來經過自己的堅持努力，才算小有成就，成為今日詩壇資深的一輩。

在我們進入藍星詩刊寫詩不久，紀弦先生成立了「現

代派」，當時有上百位年輕詩人投入「現代主義」麾下，我亦接獲了紀弦老師的邀約，但我膽怯不敢回信加入。原因是現代主義六大信條中，強調新詩要作「橫的移植」，要學「西方自波特萊爾以降的一切新興詩派」，我那時根本不知「波特萊爾」是什麼人，而西方的一切新興詩派又是些什麼東東，我無知的不知要如何接受這麼些詩的洋知識。有人又說我們中國新詩，是承襲了東方既有的抒情傳統，我覺得我還是保守本分點好。我仍寫我自己認為的詩，我追求我自己的風格，當然從此我被打成「不夠現代」的詩人，直到如今的八十四歲，我仍有「我寧為我」的固執。

三、請問你平日往來的是哪些族群？譬如同輩、同仁、前輩、海外詩人？往來方式如何？

答：我不善於社交，亦不喜歡搞小圈子。但由於我的低調和從不計較，在我的印象中，無論男女老少任何詩社的詩友、文友都和我相處融洽，尤其年輕詩人朋友都視我如同他們的同輩，可以沒大沒小的和我亂搞笑。我和詩人朋友交，除了認為詩應以嚴肅態度對待外，其他都可以很輕鬆的相互尊重為之。近十年來我有兩組經常在一起（每月聚一次）談詩論道的詩友，都是超派別、超詩社、超年齡，能志同道合為詩有點期待和抱負的人。其中有一七人組合的聚會，我們每年提供自己優秀作品印成合集出版。至今已連續三年出版了《食餘飲後集》、《七弦》、《眾聲》、《喧嘩》四本詩選集，此一風氣傳至海內外，無不羨慕和仿效這種真正具實質效果的良性詩人組合。

四、您對海外詩人，包括東南亞及美國等地詩人及其作品印象如何？請列舉一二熟悉或欣賞的詩人與作品。

五、請問有哪些詩人曾經到海外講授新詩，有哪些刊物詩集在海外流傳？

答：（以上兩問合併作答）從五〇年代開始至八〇年代，由於前輩詩人覃子豪於一九六二年四月，應僑委會之聘，赴菲律賓華僑青年暑期文藝講習班主持「現代詩講座」歷時五週開始，從此臺灣現代詩對東南亞諸國愛詩青年人的影響力擴大，再加上僑生歸國組織現代詩社，及余光中應聘至香港中文大學中文系擔任教授達十八年，均為臺灣現代詩在海外形成一股發展及影響中文詩的主要力量。這些詩人有些已應聘回臺擔任交換教授，如從新加坡大學應聘來臺擔任元智大學文學院長的王潤華教授，及香港中大應聘來臺執教佛光大學的黃維樑教授，還有畢業後即不再回僑居地在臺執教的林綠（與王潤華在政大同組「長廊詩社」），及陳大為和鍾怡文夫婦等。至於仍在海外享受盛名的詩人如菲律賓詩人和權（為當年覃子豪先生赴菲講學學生中年僅十五歲的一位）除仍在菲主持詩社外，並不時有作品在臺發表，在臺出版詩集有三冊。現在美國加州主持《新大陸》中文詩刊的越華詩人陳銘華，在越戰前即和大批越華詩人與臺灣詩人交往，並在臺各大詩刊上發表作品。越戰後流落至美國謀生，仍不忘寫詩，以個人財力辦全美唯一的中文現代詩刊，現為全世界華文詩人所共同發表詩文及各種詩活動的主要園地，現已發行至一百六十二期。我於一九九七年所著《新詩百問》除早已流傳至香港及東南亞各地成為當地教授新詩的主要補充教材外、至今印尼的華文報紙《千島日報》副刊的「千島詩頁」仍在連載（截至十月已連載四十三期），成為當地愛詩青年唯一能獲得的新詩學習教材和外來資訊。

六、你認為臺灣現代詩對世界華文詩歌的影響力在哪裡？

答：任何學問要談影響力必須自身具備足夠的特殊性和吸引力，才能讓人刮目相看，進而研究模仿學習，那才是所謂的影響力。自從兩岸開放交流後，大陸詩壇年輕的一代事實上已受臺灣現代詩發展影響，及外來西方文學潮流的衝擊，已蛻變成為一股新的趨勢。除已完全與從前革命時代的詩的舊勢力、舊班底、舊主張完全脫鉤外，尤其在學院所設「新詩研究中心」，在年輕學者的研究倡導下，事實上大陸新詩壇已進入一個詩的新紀元。我們臺灣為一島國，由於四面被海隔離，海洋文化的浸染，自亦可以形成「具有臺灣特色的現代詩和新詩」，形成我們自行發展出來的風韻，和對詩的前途的認知。據我的觀察臺灣年輕一代詩人已在詩的「突破與自律」兩方面做出針對性的及時改造。所謂「突破」即是對現行困境的突破，可以看出中文詩的創作，詩人似乎已將所有各種可能寫的題材寫盡，各種可能運用的詞彙，詞語、意象一再重複又重複的使用，懶於做新的發掘、新的創意。前輩詩人覃子豪先生說得好：「詩，是游離於情感和字句以外的東西，是一種未知的探求，是一個假設正等待我們去求證。」這種向未知去探求，向假設去求證的精神，恐怕正是我們臺灣新詩最要突破的重點。至於「自律」，則是由於現代詩已經自由泛濫到不知伊於胡底，所採的必要剎車手段。這可從青年詩人鴻鴻、夏夏、林德俊等所提倡的「限制性」寫作，將詩規定在極少字數，極小可用空間內表現，尤能發揮創意，寫出令人震驚的好詩來，得到證明。這便是抑制詩不致畸型發展的可能最佳救濟措施，如此才能顯出臺灣現代詩的最大特色。

七、請問本人撰寫研究論文時，是否同意引用你的意見，並直接徵引你的大名？

答：完全同意，歡迎大家指教。

二〇一二年十一月十二日　於臺大臺文所

輯二

詩的見聞

▌莎弗的第四卷詩篇在埃及出土

　　在一具剛出土的埃及木乃伊上，二〇〇八年六月底，考古人員終於發現了古希臘女詩人莎弗的第四卷詩篇。這卷寫於二千六百多年前的詩作，係印在一張柔軟的纖維質的草紙上，覆蓋在木乃伊身體的表面。在這卷詩篇中，莎弗帶著警醒的筆潤，敘述了特洛依國王之子美少年提托諾斯的故事，黎明女神請求主神宙斯讓提托諾斯長壽不死，並讓他做自己的丈夫，但卻忘了請求宙斯賜她的愛人永保青春。結果提托諾斯和常人一樣日漸衰老，最終不良於行。莎弗以提特諾斯老去的口吻寫詩，抒發一個行將就木老人的悲哀心境。

　　莎弗為西元前六百多年時一個希臘貴族的女兒，她喜將自己的詩譜上曲調，創立了獨特的「莎弗體」詩歌，吸引很多女性愛慕者向她學習詩藝。千百年來被視為「女性主義者的偶像」。莎弗有九卷作品行世，但由於保存欠當，以及後來的宗教紛爭，以致多已散失，現在第四卷終於發現，被認為乃西方文學史上一大盛事。

▍唐詩將貼上倫敦地鐵

　　從二〇〇九年二月開始我國唐代大詩人杜甫、李日和白居易的絕世佳句，將譯成英文，出現在具有一百四十年歷史的倫敦地鐵車廂內。同時英國大詩人華滋華斯（William Wordsworth）、布萊克（William Blake）等的詩句中文譯本亮相在上海的地鐵。據倫敦地鐵公司的總經理宣稱，由於愈來愈多的英國人學習華語，倫敦地鐵能夠展示中國唐代大詩人的詩句，也是為舉世悠久的中華文化做一點傳播。而用毛筆書寫出展示的唐詩標題更可為倫敦地鐵增加一些東方藝術氣息。我們臺灣開風氣之先，早在二十年前即已有公車詩貼出，臺北捷運系統建好後也陸續舉辦捷運車廂徵詩。我們是一個詩文學資源最豐厚的民族，再加上獨有的書法藝術，如果把歷代各具特色的詩詞作品，用各體各家書法寫出來展示，作為各地公共藝術展品，相信更能讓中華文化發出更亮麗的光芒，吸引更多對此有興趣的外籍友人。

詩將進入太空

　　自從人類向太空進軍以來，最初將人類文明送進太空的是畫家的人體素描，接著是一張音樂專輯。幾週前，連中亞地區土庫曼共和國總統的一部著作，也發射到了地球軌道。現在，一向被視為文明瑰寶的詩也要送上太空了。

　　據報導，日前英國詩歌協會發起了一次網絡在線（Online）詩歌大賽，選出最值得送往太空的詩，進入詩從未到過的無人之境。日前英國詩歌協會公布了八首候選的詩。幾乎全是近代作品。詩歌協會的主席認為，那些百年前的作品，只能反映當時人們的生活，而不能道出現在人的心情。目前，已故美國詩壇大老羅勃・佛洛斯持的作品〈偶然的目的〉、英國詩人威廉・布來克的〈無罪的預言〉、喬治・赫伯特的〈星空〉、邁茲爾・帕丁的長詩〈布瑞佛萊斯特〉都經名家推薦入選，這項結果將在十月六日的英國詩歌節公布。

　　這些將躍上太空的代表作、將先在英國國家太空研究中心展覽，隨後由太空探測器送往地球軌道。在上一世紀七八〇年代，美國發射的「旅行者」一號、二號太空船，曾將一百多種語言的光碟送進太空，其中有我們的廣東話、上海話及中國古樂〈高山流水〉。可惜英國詩歌學會這次沒有我們中國詩人的作品。

到自動販賣機買罪惡的聖書
——《惡之華》

自動販賣機可以賣很多東西，最早是賣飲料、巧克力條、口香糖，薄荷涼糖和花生夾心餅乾。後來賣的有面紙、保險套，和報紙等，幾乎隨地可見。現在巴黎書商也推出了自動販賣機賣書。賣的可不是時下流行的什麼《哈利波特》、《魔戒》等魔幻小說、而是荷馬的史詩《奧德賽》、卡洛爾的《愛麗絲夢遊幻境》等經典之作。令人詫異的是法國象徵派詩人波特萊爾的名詩《惡之華》也賣得嗄嗄叫。

按二十世紀初法國名詩人波特萊爾的名詩《惡之華》被稱作是象徵派詩的濫觴之作，但由於詩人把「罪惡」作為描寫的題材，把「醜怪」作為審美的對象，因此《惡之華》又被譏為「病態之華」，又曾被人稱作「罪惡的聖書」然而在作者波特萊爾的原意，倒並非真是美醜不分，相反的他是想讓人們在「罪惡」的審判中，引出道德的認知。在光怪陸離的現實裡，去剔惡祛邪，立意是高尚正確的，只是採用的手法逆行，反倒奚落了他自己，不深究的讀者便一直維持一個「邪惡」之作的偏見。

其實這種自動售書機所售各書銷路都很好。因為售價都很低，一律兩歐元（約合臺幣八十元不到）。同時這種售書的自動販賣機，不同於一般的設計，不會像賣飲料的販賣機樣，「哐噹」一聲的跳出來，而是用一條機械手臂，把要買的書安全地送到買主手上。

法國狂熱舉辦Slam誦詩大賽

　　二〇一〇年六月十八、十九兩月在法國西部大城南特茲舉行了一年一度的「國民Slam詩歌朗誦大會」。來自法國全國各地的參賽隊伍前十六強齊聚在聖羅亞爾河畔競技。Slam原本由美國詩人馬克‧史密斯在芝加哥的爵士俱樂部籌劃的一個文學活動，原想以某種有趣的方法來演繹詩歌。Slam原為「砰然作響」之意，吸引詩人與群眾更相接近。朗誦方式是喧囂、活潑、互動、有點像現代的嘻哈或饒舌表演。詩人在規定的兩分鐘內發表原創的詩作，題材不拘，每場選出五名觀眾擔任評審，觀眾也可在一旁表達好惡，可以鼓譟、跺腳、發噓聲來影響評分。這種瘋狂的詩活動，已經樂透了大西洋兩岸的詩人群。他們可以在公園、在廣場、在室門運動場演出，是運動，也是娛樂，還是競技，但不在乎得失，只求盡情發洩減壓一下而已。

實驗詩劇《口供》曾在北京轟動演出

　　打著「一部詩歌行走的視覺陳述，一場人性深淵的戲劇挑戰」這樣訴求的實驗詩劇《口供》曾在北京的兩個劇場分兩輪演出。《口供》計分十二個場景組成，由古典序數地支的「子丑寅卯辰巳午未申酉戌亥」這十二個時辰來表現每一時辰的心理感受。為了充分體現該劇的實驗精神，演出中會隨時發生料想不到的即興場景，場次也可能發生交錯易位，讓參演者內心的想像力和潛意識自由發揮。而在舞臺多媒體影像、舞臺裝置、音樂和舞蹈各方面都進行了澈底的顛覆解構，給觀眾一個全新的刺激。最特殊的效果是在舞臺中央裝設一長五米、寬四米的巨型全透明水床，下面接有注入不同顏色的水流來展現人物情緒的變化。曾經邀請百位以上藝術家參與，每位參與的人將獲贈一件文化衫，上面寫上一句自己的詩或一句話，演出結束後相互交換帶回做紀念。

　　《口供》雖是創意的詩劇，但仍以詩人徐偉所作兩千多行現代詩〈我嘆息〉為藍本。影像設計係由新加坡的藝術家周子川擔綱，將劇場的多媒體影像調理得很混沌、空靈。音樂作曲為音樂家郭文景，他創作了六十多分鐘的打擊音樂，但也不按理出牌，銅鑼不是敲的，是摔在地上發聲。

▎手機傳詩大賽

　　利用手機傳簡訊已經成為一種風氣，但是傳送的內容品質已經大受汙染，低級趣味的淫聲浪語，灰色黑色的文字垃圾，已經隨電波四處亂竄，甚至成了犯罪的溫床。大陸的《天涯》雜誌為提倡健康的手機文學創作，特舉辦「手機傳詩文學大賽」，自今年（二〇一二）元月開始收件至五月底截止，收到短詩作品五萬三千餘首。北京一位作者以一首只有七十三個字的短詩獲得第一名「金拇指獎」，獎品是一部「奇瑞QQ轎車」，這首詩題名〈從前的燈光〉，寫出從前清貧日子時，點煤油燈照明的樂趣，非常溫馨感人，詩如下：

　　　　從前的燈光
　　　　吹滅燈
　　　　黑暗就回了家

　　　　許多夜裡
　　　　我們滅燈聊天
　　　　節約煤油
　　　　話語更明亮

　　　　那天來客深冬的夜裡
　　　　娘點亮兩盞煤油燈

燈光亮出了白天
屋裡堆滿了光的積雪
沒有好吃的
娘用燈光
招待客人

　　此詩作者張紹民，年三十一歲，創作有詩、散文、小說等文學
作品，在獲獎時他說，創作這首詩只花了十分鐘。

臺北詩人里民大會誦詩展字慶端午

　　端午節也是詩人節，常常是端午熱熱鬧鬧，詩人則冷冷清清，邊沿得無人聞問。倒是一家民間的藝文會館為可憐的詩人開了次「詩人里民大會」，且早在一個半月前即委請劇場詩人鴻鴻籌劃，除邀請詩人用自己的書法寫一首自己的詩，俾供製作詩的明信片及公開展覽外，在端午當日眾詩人將聚會在名為「趙州茶」的會所聚集，賞各家書法的詩作，誦各家口語的詩。稀奇的是，這次展出的書法作品中居然會有胡適、俞平伯、李金髮、田間等四位前輩罕見的墨寶。而現場出席的則有周夢蝶、商禽、羅門、向明、管管、曹介直、朵思、隱地、尹玲、李敏勇、艾農、零雨、鴻鴻。一向沉默不語的周公用他的河南土話朗誦他的名詩〈失乳記〉，也是從不輕易發聲的女詩人零雨被請出唱了一段南管，最精彩的是中和國小幾位小朋友自創的童詩朗誦表演。有一位叫許家琦同學寫的詩〈錢聲〉生動表演得令人叫絕，詩如下：

　　　我聽到
　　　錢掉在地上的聲音
　　　我立刻五體投地
　　　就像在拜師磕頭

　　　就像阿兵哥一樣
　　　我在地上爬

找到錢了，我很高興
看到只是一個銅板
我就垂頭喪氣了
唉！

《門外詩刊》
——詩要押韻

　　我們中國的傳統詩歷數千年而仍然為人喜愛，最重要的兩大特點乃在始終講求詩的「秩序性」和「音樂性」。前者即詩必須遵從「格律」的要求，在一定形式規格下發揮。後者即詩必須「押韻」，必須符合節拍，按照韻腳的安排，使詩能誦，能唱，能吟，且悅耳動聽，中國詩的崇高地位是在這兩大要求下，而建立起來的。

　　然而八十八年前的一場文學革命，首先被革掉的即是這兩大特點。而且被汙名化，認為格律和音韻是一種「臭腐」，帶頭改革的胡適之先生曾謂詩要「去他臭腐，還我神奇」。同時認為格律和音韻用在詩中，就等於為詩戴上「腳鐐手銬」，詩應還它應有的自由。從此以後被革命過的詩稱為「新詩」，後來又稱之為「自由詩」；從此以後所有寫新詩的，幾乎無人敢提「格律」和「押韻」二詞，否則保守和傳統復辟的罪名便會加到頭上，在這現代和前衛成為時尚的今天，這樣的詩人是會抬不起頭來的。至於詩刊和文學刊物的約稿規定上，自五四迄今，從未有哪家刊物會把「格律」和「押韻」作為投稿取用的條件。

　　而今，一本薄薄的、素淨的，連封面也只有黑白的「門外詩刊」四字的新詩出版物，卻一反前人的默契和保守心態，明目張膽的在他們約稿須知中寫出：

　　「園地公開。歡迎投稿。不過，不要太長（4-16行），記得押韻。」

　　另外在封面內的「關於門外詩刊對詩的要求」更有幾行六言

體的句子：「淺白但不膚淺。可以琅琅上口。簡短方便記憶。有韻律有節奏」，這樣的要求，簡直是要革現在所謂「現代詩」、「現在詩」、「後現代主義」、「超現實主義」，以及「自波特萊爾以降一切新興詩派」的命。他們似乎無意中仍想套上前人所拋棄的「腳鐐手銬」，無非想在劃定的圈子限度內，跳出比在寬廣舞臺上自由揮灑出的更美妙的舞姿。又有何不可呢？這份詩刊還有幾點與眾不同的想法：「不搞派系。不做詩評。不當名人。不作應酬。不談詩觀。純粹好玩。免費索閱。不收捐款。」這本以青年詩人非白為首的另類詩刊，已受到大家的另眼相看。有興趣者，或感到訝異者請向：臺灣11099臺北市郵政80-81號信箱索取，或以E-mail：methinks@ms38.hinet.net註明，索閱《門外詩刊》。

諾獎詩人希尼詩的一生

　　曾獲一九九五年諾貝爾文學獎的愛爾蘭詩人謝默斯・希尼（Seamus Heaney）已於八月三十日因病過世，享年七十四歲。四年前，老詩人即曾中風，他說：「突然之間我發現有條腿不聽使喚了。」朋友們將他扶下樓，他流著眼淚說：「我好想我的爸爸，真是奇怪，我覺得我好幼稚。」雖然他的病得到有效治療，但身體一直沒有好起來，終於熬不過磨折將他詩的一生落幕。

　　希尼在國際詩壇上，亦曾以新出版的詩集《地鐵線》（*District and Circle*）獲得二〇〇六年國際詩壇最重量級的艾略特詩獎。但在英國另一重要的柯士達書獎（Costa Book Awards），希尼則敗給了一個沒沒無聞的詩人約翰・海尼斯，此人以長詩《給容忍的信》（*Letters to Patience*）奪走了獎金五千英鎊。但比艾略特詩獎的獎金還是少了一倍，何況艾略特獎還有更高的國際殊榮，係由艾略特的夫人瓦勒里・艾略特親自頒授。

　　希尼的作品充滿了對愛爾蘭文化遺產和自然景物的情感，被公認為繼愛爾蘭大詩人葉慈（Yeats）之後最重要的愛爾蘭詩人，曾駐校美國哈佛大學。獲艾略特詩獎《地鐵線》詩集寫的是倫敦地下鐵的日常生活場景，充滿了黑暗、預言和高危險，描繪出隨時無可避免的衝突，是一處火藥味十足的世界。艾略特詩獎的主評西恩・歐布來茵給予希尼的作品以極高的評價。認為希尼的詩就如他自己所形容的「像土豆熟了從地裡挖出來一樣」水到渠成。這不是希尼第一次爭取艾略特詩獎，二〇〇一年的時候，他曾以《電光》一書入

圍，結果被加拿大女詩人安妮‧卡森奪去。那次落敗其實很冤枉，原因是以往的得獎者都是英國、愛爾蘭的男性詩人，如泰德‧休斯、萊斯‧穆雷、唐‧佩特森等名家，於是被外界譏評為「男性詩人俱樂部」。主辦的英國「詩文會社」乃於二〇〇一年那一屆專門從入圍的女性候選人中挑選，結果加拿大女詩人安妮‧卡森打敗另外兩位女詩人而獲獎。這可是一九九三年艾略特獎創辦以來的首次女性詩人獲獎，卻被希尼碰上了。

其實希尼二〇〇六年那次得獎也並不完全順暢，另外一個強勁的對手也是愛爾蘭人，牛津大學詩歌教授保羅‧馬爾登（Paul Muldoon）只以些微之差落敗。有一非常巧合的事情是，希尼出生的那一天正巧葉慈在那一天過世，難道希尼是葉慈轉世投胎的嗎？不然他怎麼會被認為是繼葉慈之後最重要的愛爾蘭詩人。希尼的詩描述的是個人獨特的思想感情，不存在派別之見。但身為天主教徒的他對他家鄉北愛爾蘭的不斷暴力衝突十分關切，他大聲疾呼反對暴力，在他看來，各敵對武力不願坐下來坦白交換意見，連公然違反正義的事都諱莫如深，是造成爆炸性情勢最重要的原因。後來北愛衝突雙方終於相繼停火，北愛終於恢復平靜，希尼欣喜的形容「猶如黑暗的屋頂被打開／燦爛的陽光射進來」。

希尼的創作生涯已近五十年，已出版十五卷詩集。《一個自然主義者之死》和《通往黑暗之門》是他早期的代表作，寫的是鄉村景色和泥土氣息、挖土豆的老農和煤礦工人等勞苦形象。他的成名作是描繪北愛爾蘭動亂的作品，像《北方》和《農活》便強烈譴責恐怖活動、暴力和兇殺。由於他的政治信仰，他曾受到恐嚇，被迫遷居都柏林，因此曾在一首詩裡把自己形容為「蓄著長髮祕密藏身的流浪漢」。

詩人被偷、留下破鞋
——烏克蘭大詩人塔拉斯・舍甫欽科銅像失蹤瑣記

在臺灣整條街的水溝蓋被偷得精光，整座校園的不鏽鋼欄杆折得半根不剩，前兩天連高鐵傳輸號誌的電纜和避雷針都偷走好幾公里路段，好像臺灣已經進入無人管、無法管的真空地帶。不過，別嘆氣，臺灣被偷的尚只是一些可補充得回來的物件，在加拿大安大略省的奧克維爾市公園內，一座十九世紀即安座在那裡的烏克蘭大詩人塔拉斯・舍甫欽柯（Taras Shevchenko）的青銅像，在新年期間居然被偷走，只剩兩隻破鞋彷彿在對天瞪眼。

這座詩人銅像高達兩米，重約兩噸，安置在三米高的底座上，居然在假日、在遊人如織的大公園內，被人從齊腳踝處鋸斷運走，沒有人注意，也沒人感到奇怪，真叫人想不通。據說警方後來在市郊外二十五里遠的一家小鐵工廠找到了詩人舍甫欽柯的頭，全身上下的銅大概只賣了加幣兩千元。

烏克蘭詩人塔拉斯・舍甫欽柯（一八一四至一八六一）是烏克蘭及世界著名的思想家、畫家、詩人和為烏克蘭自由而奮鬥的戰士，被視為烏克蘭的文化象徵及民族英雄。他的塑像就像俄國的大詩人普希金一樣遍及烏克蘭全境及前宗主國蘇維埃聯邦共和國全國各地。據說當蘇維埃共和國解體、烏克蘭得到獨立自由時，原設在烏國各地的列寧像一個個都換成塔拉斯・舍甫欽科的銅像。加拿大安略省奧克維爾公園內的這一座係於一九五一年由烏克蘭政府贈送。烏克蘭人聽說自己的民族英雄在別的國家遭竊，直說「難以置信」。但奧克維爾的警方說這已不是第一次銅像遭竊，幾年前，另

一尊小舍甫欽科的銅像也被偷走了。

舍甫欽柯有首詩叫〈命運〉揭示他從小就不為命運所屈的勇氣：

　　啊！命運，你沒有欺騙我
　　你是我兄弟、我最親近的朋友
　　對我這可憐蟲，當我小時候
　　你拉著我的手
　　一同走進教會辦的學堂
　　你說：「孩子，用功讀書吧！
　　有一天你會成一個有用的人。」
　　我聽話，苦讀，踽踽獨行，
　　完成教育。但你的話沒有兌現
　　我現在算什麼？但沒關係
　　你和我走的是筆直的正道
　　我們又沒騙人，只是妥協
　　或者有一點點言不由衷
　　親愛的命運先生，我們前進吧
　　謙卑、忠實、誠信的朋友
　　繼續前進，前面就有光明
　　勇往直前──那是我的信念

　　烏克蘭有好幾個城市以舍甫欽柯命名，加拿大的馬力托巴省維塔市另有座舍甫欽科銅像，以及巴黎市中心的聖喬曼區有一座舍甫欽科廣場。但奧克維爾市的舍甫欽科銅像命運總是很悲慘。

　　（這是多年前根據外電所寫的一篇報導，曾在中時電子報我的「無聊檔案」專欄發表，該電子報作家專欄已停刊多年。幸我的舊檔原稿仍在，也算一詩的花邊新聞吧！）

長詩要爭金氏紀錄
——兼報導臺灣青年詩人代橘的創作壯舉

　　爭取世界性的金氏世界紀錄已成為當今的一種時尚，臺灣有的廟宇製造出一個可供數百人分食的紅龜，爭取打破金氏世界紅龜最重的紀錄，第二年便有另一廟宇製出一個更重的來打破。比賽熱狗的長度，比賽壽司的長度，幾乎每年都有這種瘋狂，倒也頻添一種不甘寂寞的熱鬧氣氛。

　　文學作品必須慢工才能產出細活，都不是只要材料充足、人手多便可創造奇蹟來，因此文學作品可以爭取諾貝爾曠世大獎，以質取勝，而不會去比重、比大、比長。記得五年前一位法國詩人派屈克‧於埃（Patrick Huet）在一個半月之內寫了一首長詩，而後又花一個月把詩抄到一匹布上，長度幾近一公里，需要用拖車幫忙才能把布捲展開，這首詩將以「世界上最長的詩」去爭取金氏世界紀錄。

　　這首詩的詩名稱作〈對世界回聲的希望〉，共計七千五百四十七行，其特點是以「隱題詩」（藏頭格）寫成，將每句詩的第一個字母連在一起，便是共計三十條的一九四八年「世界人權宣言」全文。據詩人自己說：「此詩出自我內心的壓力，一種火一般的表達慾望，我想說的是，在難以數計的世世代代裡，那摧殘著人類的大苦大難。」這首長詩曾於那年的八月四日在法國東南部尚皮耶的一處賽車場內展出，為昭大信，並請來法定公證人到場公證。

　　這首長詩如以詩建構的創意言，確實前所未有，且以三十條的人權宣言做藏頭詩寫，難度極高，但詩人的大志是要以「世界上最長的詩」去爭取金氏世界紀錄，這就難免會難達成願望了。如以詩

的長度來爭取，世界上萬行以上長詩比比皆是，荷馬的兩部史詩，《伊利亞特》計15,693行，《奧德賽》計12,105行。但丁的《神曲》分三部寫成，每部三十三篇，詩句分三行一段，「地獄篇」計4,720行，「煉獄篇」計4,715行，「天堂篇」計4,758行，《神曲》三篇合計14,193行。歌德的《浮士德》也有12,110行，而如果拿世界上最古老的印度史詩《摩訶婆羅多》來比，史詩計有十萬頌，每頌係以雙行排列，計共二十萬行，相當於荷馬兩部史詩的七倍多。《摩訶婆羅多》是無數的知識河流匯集而成的浩瀚海洋，有古印度的百科全書之稱。這位三十歲的法國年輕詩人的七千五百行詩是無法與這些已成經典的長詩爭勝負的。他的長詩破金氏紀錄之夢，究竟能否達成就看主辦單位採取什麼標準，譬如久遠那些輝煌的史詩不算，或者拿最新創作來做比較，或許會有點小小的可能。

寫作長詩要靠耐力，還得敢於堅持，我們臺灣有位年輕詩人代橘也在悄悄做一件具創意的大事，將來可能會出現一首更令人意外的長詩。代橘在二〇〇四年向國藝會提出一個詩創作計劃，以〈繁殖〉的詩名準備寫九十九組詩。國藝會准了他的創作補助，他也於二〇〇五年六月完成了〈繁殖〉九十九組詩。但是完成九十九組之後，第一百組詩卻又跟著報到，而且詩意欲罷不能的源源而來。於是一首永遠持續「繁殖」下去的長詩，沒有結尾，也不去設想如何結尾的詩，永遠仍在發展的詩，截至今年七月底止，詩人代橘已「繁殖」出二百六十組，其餘的仍在蓄勢待發。代橘除在個人網站發表這些作品外，並已在《臺灣詩學》的「吹鼓吹論壇」申請個人專欄，貼出的標題是：〈繁殖——一首沒有結尾的長詩〉。在專欄中除發表已完成的二百六十首組詩（每組十行上下），並將創作理念詳細闡釋。他說以「繁殖」作為詩的母題，探索的是思想的「複製」、「增生」，以及這些過程的變異；詩中流露的是詩人對這大千世界的情感與思想。代橘預言將來寫出9,999組也有可能。

〈繁殖——一首沒有結尾的長詩〉是詩人寫詩意外出現的挑

戰，真的會欲罷不能的「繁殖」下去嗎？還是詩人想創造一個詩無結尾的奇蹟，如果真無止境的繁殖下去，將來在世界上肯定會有一首真正最長的詩了。我們期待看得到。

|但丁滿臺北

　　有一年的臺北詩歌節非常不同，請來了好幾位來自烽火中東的詩人，包括永遠仇視的以色列和巴勒斯坦，但在那年詩歌節揭示的主題「家園與世界」號召下，所有的矛盾和歧見都在「家園即世界，世界本家園」的「天下一家」共同認知中，消弭於無形，呈現一片和諧景象。

　　一位來自伊拉克北部科庫克的詩人法德希阿爾－阿箇威（Fishily Al-Azzawi）一踏入臺北地區，便發現了一個令他詫異的現象，為什麼臺灣到處都看到「但丁」的名字，臺灣人為什麼這樣喜歡詩人但丁。原來有一家叫做「丹堤」的咖啡館，分店已開遍臺北各地區，「丹堤」的英文DANTE本即詩人但丁的原文，這位伊拉克詩人對義大利的大詩人非常尊仰，看到到處招牌都有「但丁」，便在開幕致詞中說到臺灣真是一個高文化水準的地方，這麼崇拜世界級的大詩人但丁。

　　但丁是義大利十三世紀至十四世紀間的著名詩人，他的最偉大的作品《神曲》對於世界任何詩的寫作者來說，都是一座不可能逾越的高峰。《神曲》在中國出現，也就是但丁這位詩人被介紹到中國來，早在清朝末年，清政府駐義大利公使夫人單士厘即在她的《歸潛記》一書中提到了但丁（當時譯為「檀戴」）和《神曲》（譯為「神劇」），她的兒子錢稻孫後來也將《神曲》的前三個章節用「騷體」譯出。我們最早讀到的全本《神曲》是由王維克參照法文和英文譯本，用散文體譯出。上個世紀九〇年代，當時古稀的

田德望神父直接從義大利文翻譯《神曲》,並詳加注釋,對我們中國讀者深入瞭解但丁極有助益。《神曲》歷來就被認為難解之書。有人譏諷「但丁之所以偉大,就是因為大家看不懂」。

早期中國作家像胡適、郭沫若、茅盾、魯迅、老舍、巴金都曾經對《神曲》情有獨鍾。新月派詩人王獨清還曾翻譯但丁最早一部抒情詩集《新生》。前幾年剛過世的巴金老人,在文化大革命期間蹲牛棚時,巴金就認為他所在的牛棚簡直就像《神曲》裡面描寫的地獄,巴金在牛棚裡每日默誦《神曲》裡的詩句,作為支撐自己渡過苦難的精神力量。巴金後來一直倡導要說真話,也是向但丁學的,但丁就是為要爭取獨立自由,敢說真話,而屢遭放逐。

臺北不應只是有以但丁為招牌的咖啡館為榮,而應有更多的人去讀但丁的作品,去感受但丁的偉大的心靈和高超的詩藝。

兩岸「詩人手稿展」，慶祝詩人節

　　為迎接今年（二○一二）詩人節，兩岸詩人均主辦「詩人手稿展」。今年四月二十八日起，大陸廣東中山縣國父故居附近的「萬有引力書店」舉行「見字如見面」七○後詩人手稿展，展出三十六位青年詩人的作品。所有手稿均以原生態呈現，有潦草的，有塗鴉的，有工整的，有的甚至一筆一劃能夠散發出作者的體溫汗水味。策展人詩人余叢說：「手稿是一代人的集體記憶，更是一代人留下的痕跡，就像每個人都有自己的手紋一樣。今天的詩人，能留下一份手稿，已經比存下一首詩還有難度。在這個打字時代，寫字似乎已變成一件專業的事情了。或許這次手稿展更像是一次行為藝術，用抄寫自己的詩的方式，來重溫久違了的手寫，讓詩歌手寫成為一次近似完美的字的演繹。」展出之後，大為轟動，引起很多人的好奇，倒要看看這些平日搞怪的詩人，骨子裡到底是什麼德行。展覽為期一個月，完後將繼續移往廣州、深圳，及澳門展出。現在大概已移往他地了。

　　就在獲悉這個資訊，感到這樣的展覽非常有價值且有必要的同時，我接到詩人辛鬱的一封信，說他受到「時空藝術會場」負責人的委託，為慶祝今年詩人節準備在六月「詩人的月份」辦一系列詩的活動。活動的初期，就是在六月二日起先辦「手抄詩作展」，邀請的對象不像對岸中山展出的專為七○後的年輕詩人，而是以「創世紀」詩社創作群為對象的所有詩人，另外邀請幾位社外的老友，如方艮、魯蛟、麥穗、林煥彰及我等詩壇散兵游勇，年齡包括老中

青三代，最特殊的是還特邀元智大學兩位平日絕不在外以詩為號召的學者女詩人簡婉及黃鬱蘭。這個陣容聲勢，僅看被邀詩人的名單便覺遠遠超過在中山的展出。雖然這海峽兩岸的特邀手稿詩展出時間相近，但展出動機純屬巧合，絕無較勁的意味，精彩絕對可以做比較與期待。

六月二日下午二時為「手抄詩作展」的開展日期。「時空藝術會場」的展場內擠滿詩人和畫家，四壁和展覽櫥櫃內布置精巧的展示出各詩人的作品，有的經過精緻裱褙，做成掛軸，有的鑲邊裝框，有的就在玉版宣紙上面直接揮毫。像名詩人張默就用他的「張氏書法」在連接三大張宣紙上，謄寫屈原的名詩〈離騷〉，高挑牆頭，氣概壯觀，令人敬佩。最妙的是最有個性的詩人碧果在大張白色餐巾紙上，用毛筆將自己的「怪詩」筆飛墨舞的寫出，形成一種非常另類的美感，觀者無不嘖嘖稱奇。管管則以他的小巧的彩畫配以精彩的管氏小詩，兩幅小框，非常吸睛。其他的詩人亦各盡巧思，將自己的傑作以各種形態展出，可說都美不勝收。我不擅書法，只將一首五行小詩〈夜〉以自來水毛筆正楷寫在一張綠色彩紙上，裝進相框，在展櫥上層，打上投射燈，有反暗黑的「夜」的效果。我的另一展品是河南詩人馮傑將我在敦煌寫的〈莫高窟隨想〉第二段，以他特有的書法寫成長軸，掛在入門處，為我增色不少。馮傑曾獲一九九二年藍星「屈原詩獎」，得獎作品為〈逐漸爬上童年的青苔〉。現在常以書法及水墨作品發表在臺灣各大報副刊。

自從電子計算機以最優勢強悍的態勢入主現代文明以後，所到之處，無論政治、經濟、文化，以及傳統道德，無不向其俯首稱臣，甚至被其摧毀，顛覆得體無完膚。其中以文字書寫為主的一大群從傳統中來的知識分子最受威脅，打擊最重。蓋現代寫作均在電腦上完成，其中包括最快速的傳遞以及印製。由於以傳統筆墨書寫的稿件幾乎已近絕跡，少數尚逗留在手工業書寫的年長文人，已完全喪失在報刊發表作品的機會，這種態勢已經十分明顯。因之現在

以文字書寫的原稿變得十分珍貴，尤其老一代文人的原稿已被公私立的文學館及圖書館，以及民間二手書店及收藏家大肆尋找收藏，成為另一類文化財。另外「原稿學」以及屬於「文學社會學」的「文學發生學」，由於均靠最原始的原稿，以及改動得難以辨識的初稿，作為研究文學發生的最大來源，這些研究的專家也感覺研究難以為繼（最近研究「文學發生學」的何金蘭教授就曾私訪病中的老詩人周夢蝶，希望從他那裡找到些周氏珍藏的早期毛筆手寫原稿）。

　　兩岸都在舉辦的「詩人手稿展」和「手抄詩作展」，但都不是最原始的原稿收藏展，更不是可供研究「文學社會學」或「文學發生學」的最初手稿。但是可以嗅出詩人都已對手稿開始重視，這次的手抄詩作展至少在「文字學」的範疇上，可以提供一些一位文學創作者的某些潛在特質，供作研究。而以這樣的手稿展覽來紀念詩人節可說極有意義，提升詩人在這正統文化被蔑視時的罕見價值。

二〇一二年六月三日

▍諾貝爾獎的分寸

　　諾貝爾獎分成很多種，不論哪一種都是那一行當的最高榮譽，能獲得此一大獎，當然是一種福分，簡直不知是從哪一世修來的，一切榮華富貴，大概都會不請自動送上門來，想不要都不行。然而這大概也是人生難得走到的一個顛峰吧，到了峰頂，如果就此躊躇滿志，以為該得的都已得到了，從此可以坐等享受。再不就是，攀到了此一高峰，一切氣力都已使盡，再也沒有餘力向更高的山峰挑戰，便也只有賴此峰頂安度餘年了。這也就是人們常說的，頒一個諾貝爾獎等於謀殺掉一個本來有前途的人，因為有些得獎人在得了那個高尚的榮譽以後，科學家便再也交不出更新的研究成果，作家、詩人更沒有再超越的作品示人，甚至從此就沒沒無聞。

　　一本《科學界的精英——美國的諾貝爾獎獲得者》一書中對美國的四十一位獲獎的科學精英統計，這些獲獎者的創造力在獲獎後的五年內急速下降。他們發表的論文數，與獲獎前的五年相比，平均下降了三分之一。文學作家、詩人更別提了，近世的幾個得獎者，他們幾曾再拿出過像樣驚人的作品，現在幾曾再有人聽到過索忍尼辛（俄國詩人）、威廉·戈爾丁（英國小說家）、克洛德·西蒙（法國小說家），我們中國人唯一的諾獎獲得者高行健，風光過三兩年之後，會再寫出《靈山》那種作品嗎？雖然《靈山》獲獎好多知名的中文作家都憤憤不平。所以有人認為有成就的科學家或文人不得諾貝爾獎還好，得了就思路阻塞，成了白癡。

　　這還只是得獎人自個兒的得失，外在世界對諾獎得主無條件

的尊敬和吹捧，更是愚弄人之極，同國之人認為這是國族之光，同姓之人認為這是祖宗的庇佑，家鄉的父老兄弟則會把他從小到大的一切生活細節放大成天縱英才，一代完人。總之，那種奉諾獎得主為神明的尊仰，是社會普遍的一大盲點。這還沒有什麼大不了的後果，最糟糕的是把得獎的權威轉化為萬能的造物主一樣的神聖，他們可以獲得公眾領域的話語權，他們的一言一行可以轉化為政治和社會的影響力，或者形成一種政治的「壓力集團」影響國政，這才是諾貝爾獎創設人做夢也沒想到的後遺症。這種情形《科學界的精英》一書中已舉出一大串諾獎得者干預美國政事的實例，臺灣眼前所見的李遠哲現象，更可說明大家在濫用諾貝爾獎的尊嚴，而有些得獎者也被慣習得自認真是Mr. Knownall（萬事通）。而若按照諾貝爾獎的原來設想：「諾貝爾獎既要嘉獎過去對科學做出的貢獻，也要鼓勵今後繼續為科學做貢獻」（文學獎是要贈與在文學上創作出有「理想主義」傾向的最出色作品的作家），絕對不是選出一個遇事就被奉為權威的諮詢者或代言人。

　　當然也有那具有真知灼見，尤對自己角色認識清楚，敢於抵擋世俗虛榮的得獎者，《科學界的精英》這本書便舉出了一位一九六二年因發現DNA雙螺旋結構而獲得諾貝爾生理學醫學獎的得主佛朗西斯・克理克，認為他便具有這種硬頸精神。他在獲獎後，蜂擁而來的社會活動使得克理克博士不勝其煩，為了擺脫這種無休止的糾纏，他設計一種通用的謝絕函，要人知難而退。他寫下的這「八行書」，中譯下來，像一首無題詩：

> 克理克博士對來函表示感謝，但十分遺憾，他不能應您的盛情邀請而：
> 給您簽名　為您的事業出力
> 贈送相片　閱讀您的文稿
> 為您治病　做一次報告

接受採訪　參加會議
發表廣播談話　擔任主席
在電視上露面　充當編輯
赴宴後做演講　寫一本書
充當見證人　接受名譽學位

　　克理克博士謝絕函所列舉的各項需索，可說備極詳盡，可見這個世界想利用諾貝爾獎的盛名而自抬身價，或藉此謀利及附庸風雅者比比皆是，如果得獎人樂陶陶的嘴軟手軟，則對這個崇高的諾獎所造成的損害恐將難以估計，也將帶來得獎者庸俗低級的罵名。今年的諾貝爾獎各項得主又已公布，克理克博士謝絕函應是所有已得及準備得獎者應謹記的分寸。

▌奇怪的詩獎

獎品是五千人民幣加一條溪流和一方山林

普天之下對詩人的鼓勵和照顧可說都無微不至，詩獎之多、獎金之豐富、獎品之特殊真可說「罄竹難書」。中國大陸貴州獨山的國家森林公園於二○○七年五月三、四兩日舉辦了「地域，夾縫岩詩會」，頒發了一個「詩歌貢獻獎」給一位有二十年詩齡的當地詩人甘谷列。頒獎以幾個上身赤裸、肚皮挺著獎牌的「頒獎儀式」舉行。獎品異常豐富，計有：

人民幣五千元

一平方公里山林

一條小溪流

一個日子的命名

甘谷列的得獎詩為〈甲乙路小學甘二狗的春遊日記〉。詩如下：

趁著落日歸來

萬山叢中只有我們三人

一匹馬是我們的嚮導

代雲在我後面

子兵在我前面

這些是誰的山

現在是我們的山了

是我們三個人的山

在日沒之前

我們來到了夾縫岩

　　頒獎時情況非常熱烈，各地詩人群聚前往祝賀。這首短詩並已改成話劇，由評獎的詩人上臺演出，笑聲連天，掌聲不斷。但那四個獎品卻有了但書，也令全場的人笑彎了腰。但書如下：

　　「人民幣五千元──由於山地經費困難，改以一毛硬幣代替。」

　　「一平方公里山林──可以參觀，也可以帶走，只要有乾坤大挪移的本領，但不可採伐出賣。」

　　「一條小溪流──此地遍地均是溪流，可以任選或參觀帶走，但不可汙染。」

　　「一個日子的命名──將五月三日命名為甘谷列日。」

　　詩人甘谷列對此縮水的獎品欣然接受，並一再道謝一個小地方「夾縫岩」的詩人有此殊榮。事實上甘谷列所獲得的好處遠遠超過那些有形卻無實的獎品。受此鼓勵之後的甘谷列詩質大大提升，靈感勢如泉湧，寫出好多歌頌山林的詩。他的野心開始擴張，終於在二〇〇七年九月十七日開始以「每日一詩」的方式在一家大型詩歌網站上寫詩。結果這家把關嚴格的詩網站便在一星期內（九月二十二日）將他的詩刪掉，警告他應嚴格品質管制。在沉寂了一段時間後，他在二〇〇八年三月十一日為他的「濫寫」做出了反省，他說：「以後我的詩歌不必再企求太多讀者了。照顧太多就會什麼也不是，只要有一個讀者就夠了，如果通過他的認可，別的也就不在話下了。這是我這一次回顧時重新得出來的意識和醒悟。」這個醒悟比他得獎所獲鼓勵更有價值，更能使他精進。曾經以寫〈大雁塔〉一詩成名的大陸名詩人韓東說：「不要用每日一詩的方式去減弱它的敏感度，寫不出來的時候就不要寫。」其實甘谷列何嘗不知道詩不能像吐口水一樣隨便，他在一九九七年冬天的時候就寫

過一首詩〈人身上有五種水〉，分別是「汗水」、「淚水」、「血水」、「尿水」、「口水」。最後四行是：

口水！

口水！！

口水！！！

──人世的口水何其多！

魯迅曾拒絕諾貝爾獎

一年一度的諾貝爾文學獎得主猜測又在紛紛議論，尤其又在預測華人再度得獎的可能。根據早年史料的記載，一九二四年時，瑞典的探險家斯文·赫定（發現中國樓蘭古國），也是瑞典皇家學院院士，兩度提名為諾獎候選人，由於他對中國的深厚感情，曾經請劉半農推薦一位優秀的中國作家作為諾貝爾文學獎的競爭者。劉半農向臺靜農轉達了斯文·赫定的美意，認為魯迅是當時最合適的人選。於是臺靜農將此信息轉告給魯迅，但魯迅給臺回信表示挽拒，信如下：

> 靜農兄：
>
> 　　九月十七日來信收到了，請轉劉半農先生，我感謝他的好意，為我，為中國。但我很抱歉，我不願如此。諾貝爾獎金，梁啟超自然不配，我也不配，要拿這獎，還欠努力。我覺得中國實在還沒有可得諾貝爾獎賞金的人。瑞典最好不要理我們，誰也不給。倘因為黃皮膚人，格外優待從寬，僅足以長中國人的虛榮心，以為真可與別國大作家比肩了，結果將很壞。

魯迅先生對諾獎的這種態度，實在值得大家敬佩學習，其一是對諾獎這種不卑不亢的理性態度；其二是對自身及對當時的中國文壇持一種謙虛冷靜的考量。誠如大師所言，如果不下定決心來真正留意文學的發展與得失，一味關注自身個人的福利，除了增長國人的虛榮心外，又有何意義?!

錢鍾書、楊絳互為書中添詩興

　　錢鍾書、楊絳這一對近代文學史上最美滿、最受尊敬的文學夫妻有很多不為人知的佳話，值得我們去豔羨、欣賞體會。

　　大家只知錢氏是位通曉英、法、德、義、希臘等國語文，又對中國古典文學造詣精湛且悟性、記憶特強的學者，凡讀過他的描寫大動亂的小說《圍城》的人，一定會記得書中女主角蘇文執手中那把飛金摺扇上題著的一首小詩，印象深刻：

　　　　難道我監禁你？
　　　　還是你霸佔我？
　　　　你闖進我的心
　　　　關上門又扭上鎖
　　　　丟了鎖上的鑰匙
　　　　是我，也許是你自己
　　　　從此無法開門
　　　　永遠，你關在我心裡。

　　這首小詩，曾遭到書中男主角方鴻漸的嘲笑，這是書裡面演出的情節。也難怪西洋稱小說為Fiction，是一種虛構、杜撰的故事。其實這首詩並非錢鍾書按照書中人物的口氣而作，而係出自其夫人楊絳的手筆。按一九三五年秋，他們夫婦倆曾獲庚子賠款獎學金雙雙赴英國牛津大學攻讀英國文學，這首有英詩味的中文白話情詩當

然難不倒楊絳。這個祕密在《槐聚詩存》中，楊絳在談錢詩〈代擬無題七首〉的「緣起」中揭開。因在幾年前，楊絳想寫一部小說，請錢鍾書為書中人物作舊體情詩數首點綴，錢鍾書說：「你自己能寫，並且能體貼入微。」楊絳笑著說：「你的《圍城》需要稚劣小詩，你讓我捉刀，如今我需要典雅篇章，你為何推諉？」於是錢鍾書乃替楊絳寫了〈代擬無題七首〉。詩成後，楊絳認為：「韻味無窮，低迴不已，絕妙好詞。」這七首詩中最後一首如下：

> 少年綺習欲都刊，
> 聊作空花撩眼看。
> 魂即真銷能幾剩，
> 身難久熱故應寒。
> 獨醒徒負甘同夢，
> 長恨還緣覓短歡。
> 此日茶煙禪榻畔，
> 將心不必乞人安。

　　這首舊體詩道盡了歲月嬗遞，卻情愛永存的不變關係。《槐聚詩存》出版於一九九五年，這是錢鍾書留下的最後的一本書，現在他們夫婦倆均已跨鶴西歸，卻留下互為跨刀的美好深情詩作供我們欣賞，真是有揮之不去的懷念。

二○一六年五月三十日

他山之石，幾段對詩觀察忠言

　　近日在詩的網路瀏覽，發現北島和于堅以及幾位卓有成就的詩人，各道出了一段對詩和詩人的感言，經驗之談，也是近身的觀察，他山之石，說不定可以攻錯，現分別摘錄如下：

一、北島八月八日在深圳出席「跨界」詩活動時說：「詩人最重要的是永遠保持警惕，永遠謹記自己的身分，不要因為榮譽、金錢，忘記自我。」對當下八〇後、九〇後詩人的創作狀態表示憂心，他說：「他們中間好多人不讀詩。雖然他們也寫詩，可是根本不認真讀詩，不認真讀詩，也就很難對詩有真的理解，有些年輕朋友寫詩也太隨便。」

二、于堅上月在答覆莫斯科大學中文系一位教授訪問時說：「詩是好玩的，但同質化正在使這個世界愈來愈無趣、空虛、喪失了玩興。高速公路兩旁舊世界和詩意一日日成為廢墟。詩是一種語言的宗教，語言中的語言，它有招魂的魅力。詩與諸神通話，詩也是諸神之一。詩是師法造化，鬼斧神工的。造化就是創世。詩是宗教的近鄰，區別只是語言世界的創造不是一種獨佔，每個詩人都可用自己的語言創造詩的世界。詩人只在他創造的語言中顯身，但它是匿名的。當你說佛陀的名字，佛陀並不會答『有』，只在無名中顯靈。一首詩也不只是作者的署名，而是那首詩本身。」

三、李察茲（L.A. Richards民初曾在清華任教的英國漢學家）在《文學批評原理》中說：「詩的世界和其他世界一樣，沒

有半點本質上的不同，沒有特殊的規律，也沒有超俗的怪癖，完全由一般性的經驗造成。無論一首詩是如何嚴格的完成，很易被外界撞入的因素破壞。」為了討論方便，他連用了兩個術語「符號」（sign）和「符號翻譯」（sign-interpret），文字本身只是一個符號，必須經過詩人特殊安排，才會產生意義。

四、阿根廷詩人波赫士（Borges）說：「大家通常把詩分成平淡樸實與精心雕琢兩種，我認為是錯誤的。重要而具意義的是要看一首詩的好壞而非風格的樸實與雕琢與否。這完全取決於作者。比如說，我們可能讀到一首令人很震撼的詩，不過文字可能很樸實，對我而言，我並不會不喜歡這種詩，事實上，我覺得與其他的詩相比，反而覺得其可貴。例如斯蒂文森（Wallace Stevens）寫的〈安魂曲〉就是一例：

> 仰望這廣闊繽紛的天空
> 挖個墓穴讓我躺平
> 我在世的時候活得很如意
> 死也死得很高興
>
> 我滿懷心願的躺平
> 我墳上這樣寫下墓誌銘：
> 「躺在這裡的人適得其終
> 水手的家，就在大海上
> 而獵人的家就在山丘。」

這首詩平淡鮮明，不過詩人一定經過相當的努力才能達到這樣的效果，裡面句子不是隨便就想得出，只有在極難得的機會，靈感才會來到。

▎大陸青年詩人衣米一

對一首「好詩」所定的標準如下：

「一種難以駕馭的簡單。」

「把詩寫得像呼吸一樣自然，而又難以複製和模仿。」

「妙得高明在於妙得不知不覺。」

「說出事物的祕密，而不是停留在事物的表象。詩人就是發現祕密和說出祕密的人。」

「不寫無病呻吟的詩，不寫矯揉造作的詩，不寫故弄玄虛的詩，不寫詞不達意的詩……等等。」

「一首詩必須等著喜歡過度解釋的人讀出來所謂的意義和深度，就值得懷疑它的正確性。」

（刊《海星詩刊》二〇一六年九月秋季號）

但肯尋詩便有詩
——電話簿、菜單也是詩

　　一家精神病院裡有兩個病人抱著一本津津有味的大書在細讀欣賞。

　　A君對B君問：「怎麼樣？這本詩選還不錯吧？」

　　B君高興的答道：「太好了！真是曠世鉅作，你看選了這麼多人，一個都沒有漏，還是按照姓氏筆劃安排的，姓王的居然這麼多，有這麼多姓王的詩人嗎？」

　　這時巡房的護士說話了：「喂！你們兩個快把Yellow Book（電話簿）給我放回去。」

　　人常說詩人都是瘋子或神經病，因此神經病人把長短不齊的分行文字的電話簿當詩選看似也不足為奇。現在的詩無奇不有，把電話簿當詩選看只是有病之人的神經錯亂，如果把餐館裡的Menu也說那是一首詩，那才真是「獨創」。

　　二○○七年八月福建閩南舉辦「鼓浪嶼詩歌節」，有人嗆聲認為成詩的門檻太低，分行文字打幾個比喻都是詩，那菜單也可算是一首詩了。此語一出當場被一位教授罵成：「那是狗屁！」

　　此事在當時並未造成風波，也就被會議主題擋了下去。四個月後，一個自稱鄉下小子，後生晚輩的詩人「浪行天下」者，覺得憑什麼一場正常的爭論，你大教授可以毫不斯文的口吐惡言。「我也認為詩的門檻一定要低呀，最好低得有井水處，皆有詩人。但好詩標準要高，高得讓人望而生畏。索性我就選取幾個菜單出來，讓大家看一看究竟是『狗屁』還是『詩』。」他拿出的第一首菜單詩題

為〈還有什麼不能吃的〉：

清燉胎盤188元

老鼠三叫88元

生食猴腦2888元

煙燻蚱蜢58元

人乳鮑魚188元／位

油炸蝴蝶288元

油燜青蟲188元

醬燒蒼蠅卵388元

沙烤紅蟻288元

據浪行天下這位詩人解釋，這份菜單表達了詩人對人類為了一飽口福，不加節制的破壞生態平衡的極大憤怒，有極強的現實批判。全詩不加雕琢，老嫗都解其意，豈是狗屁胡說？他接著說，如不滿意，下面再來一首，題目是〈鴿子的十三種吃法〉：

香辣乳鴿、油燜鴛鴦鴿

蜜汁燒鴿、清蒸乳鴿

砂鍋燉鴿、椒鹽乳鴿

脆皮乳鴿、紅燒乳鴿

泡椒乳鴿、清燉鴿湯

紅扒鴿、烤乳鴿、醉乳鴿

詩人憤怒的說，這首詩包含的反諷批判意義，呼之欲出，還用得著解釋嗎？用來象徵和平的鴿子，被人類如此殘忍的用各種烹飪手法，大加荼毒，請問大教授，你讀出的是詩味還是屁味？

我覺得現代詩所取詩材和形式早已多元到只要你會解用，無

一不可入詩，只要「意」和「象」或「情」與「景」巧配得天衣無縫。只是不知道詩人特別用「十三種鴿子的吃法」，是不是在仿效美國已故現代詩人華萊士・史蒂文斯（Wallace Stevens，1879-1955）的名詩〈看一隻黑鳥的十三種方式〉有關。因我知道吃鴿子的方法絕不止這十三種。另外一種最最殘忍的吃法是把小小的鴿子經過去皮剔骨、剁碎，用油乾燒赤煉，才得那麼一小撮肉渣子，便是我們最欣賞的用生菜包來吃的所謂「鴿鬆」。

臺北也能聽到〈卡秋莎〉

　　〈卡秋莎〉是俄國著名的詩人伊薩科夫斯基（一九〇〇至一九七三）最有名的一首詩。也是世界上流行最廣的民歌之一。一九三八年伊氏寫下了這首詩，作曲家勃蘭切爾為其配曲之後，詩就像插上翅膀，飛遍了俄羅斯，飛進了世界各地。據說在二戰期間，法國、義大利的反法西斯戰士唱它，戰後的日本人、美國人也唱，當年參加義大利反法西斯的蘇聯游擊隊員，蒙羅馬教皇接見時，就是唱著〈卡秋莎〉進入梵蒂岡的。這首歌本是一首情詩，是描寫一位叫卡秋莎的姑娘對一位邊防戰士的愛戀，將個人的傾慕和對大我的愛融含在一起，吐露出親切委婉、自然而不矯情的愛意。詩的前兩段是這樣寫的：

　　　　蘋果花和梨花已經開放
　　　　河上的薄霧輕輕蕩漾
　　　　在高而峻峭的河岸上
　　　　走來了卡秋莎姑娘

　　　　她走著，唱出優美的歌聲
　　　　歌唱草原暗藍色的雄鷹
　　　　歌唱她熱愛著的人
　　　　她懷裡藏著他的來信

我們與俄羅斯一直隔絕，聽不到這首俄國民歌，中國大陸很多人會唱，日本至今還有一家咖啡店命名〈卡秋莎〉，每晚關店前，都要唱一遍這首民歌。臺北市最近開了一家俄羅斯餐廳，請來一男一女兩位俄國民歌手，到各餐桌前演唱。我點了〈卡秋莎〉，他們欣然唱出，在手風琴的伴奏下，分外撩人。二〇〇四年八月十五日是二次大戰反法西斯勝利六十週年。在這個時候能聽到這首早年的反戰詩歌，倍增意義。

北島寫過一本《失敗之書》

　　近代中國華文詩界的寵兒，曾經顯赫一時的朦朧詩人北島，在二〇〇四年十月出版了一本散文集名為《失敗之書》。北島當年不論被批判或被讚揚，反正聲勢如日中天，備受矚目，甚至流亡海外後，多少年來都被認為是諾貝爾文學獎的候選人，好幾次諾獎揭曉前都傳聞他是那年的得主，怎麼會突然寫出這麼一本叫做《失敗之書》來嚇人。此書一出，疑聲四起，猜測紛紛。河南一位評論家李霞就此做出了一些推論，都是根據北島這些年來的實際情況所研判，可說不無道理。李霞說北島流落西方後，一直不斷參加各種國際性的會議，還出版了幾個語種的詩集，也得了不少獎，更結交了不少國際知名的大詩人，像美國知名詩人蓋瑞・史奈德，曾獲諾貝爾獎的墨西哥詩人帕斯，甚至成為國際作家議會代表團成員之一，在巴勒斯坦受到阿拉法德總統的親自接見。然而這麼多忙碌熱鬧的場面，只讓他寫了不少散文和報導，詩卻一天少似一天，甚至連他自己也認為詩愈寫愈讓人看不懂，最糟糕的是，在一些朗誦的場合，聽眾的反應是「喜歡他早年的詩」。對他而言這才是他最大的致命傷，他感覺到自己和讀者的距離已經愈來愈遠，沒有人欣賞他現有的輝煌。據李霞分析，這些種現象都暗指北島的詩人身分已經在慢慢退場，現在他只是一個中文詩歌的活動家，當然他要傷感的寫《失敗之書》了。李霞的分析是否得體，恐怕只有北島自己最清楚，但是卻對很多其他一向鋒頭很健，也漸漸在猛啃老本的詩人言，應是一記警鐘。北島已在二〇〇七年回到東方，任香港大學住

校詩人，主辦過多次國際詩人活動，也在寫長詩，但已難再有令人
震驚之處。

詩人周鼎詩讚「潘金蓮」為最純的女人

　　隱居在岳陽樓畔的臺灣資深詩人周鼎，詩作已經不多，但一出手便是精品，而且效果驚人，除了前些年（一九九九）所寫〈毛衣〉一詩已選入大學通識課本做教材外，最近發表的九十一行長詩〈潘金蓮〉（《創世紀》詩刊第一百四十三期），由於無論取材構思和思考角度都有大膽創新的嘗試，已經在詩壇引起不小的騷動。按潘金蓮這一小說人物先後出現於明代四大奇書之《水滸傳》及《金瓶梅》，潘金蓮與西門慶戀姦而謀殺親夫，發生在《水滸傳》的故事裡；但在《金瓶梅》的情節裡，這對姦夫淫婦是逍遙法外的人，潘金蓮做了西門慶的第五房小老婆，在家裡過著多彩多姿的生活。在小說家的筆下，她那為爭寵而顯出的「妒」的鬥爭手段，以及為迎奉而使出的「淫蕩」性格，便一頁頁的演示出來。從此「淫婦」、「人盡可夫」的名號便成了她可恥的標籤，她是一個令人「從頭看到腳，風流往下跑。從腳看到頭，風流往上流」的豔冶女人。在「詞話」中，在民間的戲詞中，她都是一個不守婦道的壞女人。然而在周鼎的長詩中，他一舉顛覆了這種傳統守舊的禮教觀點，活生生解構了那種必須以順為正的性格壓抑桎梏，他以人的本性為出發點，以爭取性自主為本能的主張，為潘金蓮的歷史罪名翻案。他在長詩的末尾對潘金蓮是這樣的定論：

　　不從
　　不德

不愛
不為誰傳種
淫女潘金蓮無疑是
最純的女人

臺灣電視曾出現「詩人部落格」

　　「部落格」是當下最紅火的一種網路結構名詞，一時各種「部落格」便像流行的便帽樣，在各行業為人頂戴。據說從伊拉克戰爭開打以來，美軍官兵的部落格已經從十來個爆增到兩百多個，為戰場外的廣大讀者提供第一手的網路戰地資訊。臺灣詩壇有部落格這個稱號是《臺灣詩學》的網路社群「吹鼓吹詩論壇」中的《春風少年兄部落格》，現在華視的超高頻教學頻道也製作出一個《詩人部落格》的節目，讓一向擠在邊沿地帶的臺灣詩人也有一出現在電視畫面的機會。這個節目初期製作十九位中老年資深詩人，在一個小時的節目中，有詩人生平介紹及創作經驗瑣談、詩朗誦、作品自我講解，及由節目主持人青年詩人許悔之對詩人的推舉和評價等，非常緊湊豐盛。為鼓勵觀眾收視興趣，並就節目內容舉行有獎徵答。該節目已自八月一日起，每星期一至星期五，晚上九時播出。出現的詩人有余光中、洛夫、陳千武、林亨泰、杜潘芳格、蓉子、向明、商禽、白秋、李魁賢、李元貞、吳晟、朵思，張香華，陳義芝、陳黎、莫那能、利玉芳、江文瑜。影像製作由年輕的名導演黃明川領導的工作室執行。

詩人于堅說「詩是存在之舌」

　　曾在臺灣以〈墜落的聲音〉一詩獲《聯合報》十四屆文學獎（一九九二）新詩首獎的雲南詩人于堅，最近終於將該詩及其他名詩〈零檔案〉等合出一本《于堅的詩》（內收于堅上世紀八〇年代到九〇年代的主要作品）。據他在該書後記中說，他經歷了一段漫長不能出詩集的時間。儘管他早就名聲不小，經常出席國際間各大詩歌會議，發表論文或詩朗誦，但在當地一直沒有出版機構出他的詩集。他在一九八九年出版的第一本詩集《詩六十首》，是擺在家裡一本本通過郵寄的方式賣掉的。一九九三年朋友贊助為他出版的《對一隻烏鴉的命名》，同樣無法進入發行管道，「烏鴉們」是一隻一隻從他家裡飛走。此後七年之間，他的詩集一直無人聞問，他認為很多出版社都把出版詩集當作對詩人的施捨。他很感慨的說：「詩是存在之舌。存在之舌缺席的時代是黑暗的時代。詩是無用的，但任何企圖利用詩歌的時代，我們最終都發現，那正是詩歌的敵人。」他很惋惜他的詩作一直被「高雅的詩歌美學」視為非詩。但他一意孤行，從未對寫作立場稍事修正。他很執拗的宣稱：「在任何方面，我都可能是一個容易媚俗或妥協的人。唯有詩，令我的舌頭成為我生命中唯一不妥協的部分。」按于堅和詩人韓東等人曾創辦民間詩歌刊物《他們》，于堅並被奉為「民間詩派」重要人物，這一詩派主張「詩到語言為止」，不靠意象、誇飾等來美化，詩以樸素為尚。

非馬怒寫反戰詩

　　去年九月二十五日當臺北街頭出現「反軍購」和「反反軍購」兩方人馬激烈對峙的時候,世界各地大批反戰人士同時在歐洲在美國各地示威遊行,要求英美兩國自伊拉克撤軍,認清發動戰爭比強烈颶風所造成的災害更嚴重千百萬倍,他們手舉標語牌,穿上反戰T恤,呼著口號訴說戰爭的恐怖和損耗。只有詩人很不同,他們以詩來拒絕子彈的肆虐,認為只有詩的正義才會常帶來和平。有位叫做彼特‧雷夫特的詩人說:

　　　　在空氣裡裝滿詩
　　　　厚厚的
　　　　甚至連炸彈也
　　　　無法穿透

　　另有一位叫菲律浦‧華倫的詩人寫了一首悼詞,質問美國總統:

　　　　尊敬的總統先生!
　　　　愛與詩
　　　　永遠勝利
　　　　戰爭永遠是
　　　　巨大的失敗者
　　　　我是個詩人

是個有愛心的人和勝利者
你呢？

我們的詩人非馬寫的一首反戰詩〈國殤日〉最為生動，也最深沉，他說：

在阿靈頓國家公墓
一個無名氏被安葬了

千千萬萬個
在遠方戰場上倒下
卻在人們心中永不逝去
我們將如何安葬
那千千萬萬？

非馬的這一問，恐怕無人能回答。以為戰爭真能征服一切的好戰分子也會無言以對。所以反對戰爭，反對採購殺人武器是舉世公認的真理。

作詞家莊奴獲頒終身成就獎

　　寫歌詞寫了五十多年，作品將近三千首的老詩人莊奴，在他的老家北京，以八十五歲的高齡，以「彼岸詞壇泰斗」之名，於二〇〇八年四月初獲得了大陸第六屆百事音樂風雲榜的終身成就獎。消息傳來，在臺灣曾和他一同出道的軍中詩人，一同在作詞作曲上打拚過的音樂夥伴，都為他慶賀，認為他實至名歸，早就該得此殊榮。

　　莊奴早年也寫新詩和戰鬥詩，民國三十八年來臺後在軍報服務，當時用的筆名是黃河，民國四十二、三年左右，臺灣新詩突颳起一股現代風，詩要接受橫的移植，要學西方自波特萊爾以降的一切新興詩派；詩中要強調知性，原本以抒情為主的詩人變得成為趕不上潮流，連發表的園地都沒有。這時首先不再寫新詩而去改寫歌詞的是「藍星詩社」詩人鄧禹平，一首〈高山青〉隨著歌聲流行於兩岸各地及海外遠方。莊奴是繼鄧禹平之後，捨新詩而去改寫通俗歌詞，獲得更大成就和更多「粉絲」的詩人。

　　莊奴本名王景義，改寫歌詞後用的筆名莊奴是根據北宋詞人晁補之的兩句詩：「莊奴不入租，報我雨久荒。」他自謙是一個終年為他人工作而繳不出租穀的佃農。他以「莊奴」的精神從事作詞，從不計代價。民國四十八年莊奴曾為臺北縣金山國小寫校歌，校方只能送他一包茶葉做報酬，他照樣鞠躬致謝。有人說：「沒有莊奴就沒有鄧麗君。」這句恭維之詞，莊奴當之無愧，他曾對我說百分之八十的鄧麗君歌詞都是他所寫，那首膾炙人口的歌詞〈甜蜜蜜〉他只花了五分鐘就完成，但他說他和鄧麗君本人只見過一次面。

「詩話中華」為詩人張朗留下絕響

　　雖然賈島這句「夕陽芳草無情物，解用都為絕妙詞」是為詩源不絕，只待如何去努力開發的真理之言。世上原無才盡之說，但人的墮性總是愛拿現成的享用，然後才去動其他的歪腦筋，這也是為什麼這世上詩人多如牛毛，能成為真正大詩人者，鳳毛麟角的原因。欲真正在詩上成大事者，總知必須另闢新境方是出路。在臺灣的諸詩人中已過世的資深詩人張朗，在詩壇歷險四十餘年，參加過好幾個詩社，出版過七本詩集，曾編選五本詩選，以漁翁的筆名修理過不少他認為名雖大卻並不怎麼樣的詩人。更在他參加過的「詩會」中，因其嚴苛、認真的態度，被眾同仁冊封為「廠長」（修理廠長也）。張朗與另一資深詩人洛夫原為外語學校同期同學也是大學外語教授，卻總不如人備受重視，詩作品總無法入選大型重要詩選，連他自己投資出版的詩選，他的作品也無緣進入。在追求詩的進程這條道路上，張朗一直走得很辛苦，但他的努力，他的專心一致，卻絕對不輸給任何人。

　　然而張朗到了七十高齡的時候，總算突然想通了。他理出了一條自己可走的詩的道路，拋棄多年來追求的成規和視野，找出一條別人從來不重視，也難以下手的我國古代文史資料，及上古神話演義等難得材料，將之一個人物，或一個事件寫一首詩，每首詩後附上一篇文情並茂的短文，或介紹或說明，以詩文並存的方式，將老祖宗留下的寶貴文化遺產，藉詩的感性、文的抒情敘事，留存給後人欣賞瞭解。這其中的每一人物、每一事件，都與我們的國族或歷

史成長進化攸關，在此有人一心要不認祖先，去中國化的今天，課綱中沒有中國史的今天，張朗用詩在這方面著力，做歷史的存證，這是他在世事認知上的先見之明，足以反擊那些顛覆歷史真相的狂妄舉措。

可惜這麼一件定將偉大不朽之舉，他才寫完最早的「夏、商、周」三代，完成《詩話中華・三代篇》（由臺北文史哲出版社出版），身體便熬不住肝癌的毒手而辭世了。天道是多麼不公啊！如果假以天年，張朗還會有更多源遠流長的「詩話中華」提供給我們讀的，這是我們這苦難國家的一大損失。

傳統詩的威脅感受日漸沉重

　　「傳統詩的威脅感受日漸沉重。」這句話是二○○六年十月二十五日，北大名教授謝冕在第一屆中國詩歌節的論文發表會上，開口講的第一句話。那次開會選在安徽馬鞍山，就在詩聖李白六十二歲生命旅程終點的安徽當塗縣，絕筆長眠的墓地旁邊。李白曾在這兒留下傳世的五十多篇詩文。這些震聾發聵的詩作，對一個一直振興現代詩的老教授言怎能不感慨的說：「我一到馬鞍山便感到傳統詩的威脅愈來愈沉重。」其實謝冕教授的感受尚只是片面的，我在接下去宣讀論文〈詩的過去現在和未來〉前的即席感慨，說得有點更冒失、更嚴重。我說我在昨天晚上盛大的詩歌朗誦會上，聽到和看到的，像挨了一計重重的耳光，羞慚得想找一個地洞躲了下去。

　　我這有點誇大其詞的感慨是有原因的，前一晚在那近一萬人參加的朗誦會上，舞臺設計之美感可說嘆為觀止，而音響效果之調節柔和適度，且無一般晚會震耳欲聾的誇張，以及節目安排之緊湊有序，都令人無可挑剔，唯一使我們感到無地自容，有挨耳光感覺的是，整整兩小時節目從頭至尾都是朗誦或吟唱古典詩詞，不是李白最受人傳誦的五七言絕句或律詩，便是蘇東坡那〈水調歌頭〉或〈赤壁懷古〉。吟誦的人都是老手，臨場演出過千百次。演出李白長詩〈清平調〉的是北京京劇院的當家老生余魁智，他用京劇西皮散板的腔調，娓娓唱出這首美人與花相映成趣的七言〈清平調詞三首〉，真是令人聽得如醉如癡，方知古詩詞的韻味是如此的不可捨，只可親，而且愈聽愈愛。二十多個節目中，除了在串場時，提

調出一些聽似新舊難分的自編詩句外，只有兩首近代人的作品，一是三〇年代名詩人戴望舒的詩〈雨巷〉，和我們臺灣余光中的〈鄉愁四韻〉，這兩首都是由國內名朗誦家朗誦，字正腔圓，且能緊貼詩情，聽來也是一種享受。不過余光中的〈鄉愁四韻〉是民歌形式，也是脫胎自古典。會場來參加朗誦會有來自美國、德國、墨西哥、巴西、伊朗、韓國、日本及全大陸各地重要詩人二百餘人。臺灣被邀請有尹玲、文曉村和我三人，幾乎到場的人全是寫新詩的，可是全部朗誦的作品只有戴望舒的一首〈雨巷〉代表近百年的新詩成績，新詩人百年耕耘的成果幾乎全軍盡沒，作為一個一生都在為新詩盡力的我，豈能會不有重重挨一計耳光的感覺？我在我參加提出的論文中一再強調「詩無新舊，只有好壞」，也許這正是我們寫新詩的人唯一所應著力之處吧！

文藝沙龍的由來
——介紹「方明詩屋」

　　「文藝沙龍」這個名稱，是很早以前從法國流傳過來的，原名是Salons Literaires，法文「文藝客廳」的意思。早年留法的我國象徵詩派詩人李金髮，於一九二五年自法國回國後，一直沒有正式的職業，靠雕塑鑄造名人銅像賺取報酬養家活口，但到一九三四年，時運下滑，一直接不到case，乃轉向林語堂主持的《人間世》及徐訏主編的《天地人》兩本文學綜合雜誌寫稿得些生活費用。在那年的十月，他在《人間世》發表了一篇題為〈法國的文藝客廳〉的文章，詳細的介紹了法國這一盛行的文學藝術家的社交聚會場合的歷史淵源及發展概況。他說和一般的俱樂部一樣，法國「文藝沙龍」係由好客的貴婦人所主持，這些人家的客廳便是他們的聚會場所。他認為這種風氣非常有趣，值得提倡。當代作家可以時常會面，聯絡感情，討論問題，得切磋琢磨的益處；新進的作家亦可以認識一些老前輩，得到教益，不致埋沒人才。而他認為最大的好處是，藉此大家認識的機會，不致再文人相輕，各築壁壘，自我封閉。

　　金髮先生那麼早年即引進，這麼美滿的文藝人士聚在一起的客廳沙龍構想，實在是一個美好的憧憬。可惜我們的國家這近世紀來一直戰亂不斷，不要說有個比較寬敞可容多人聚會的客廳，有時連個喘息歇腳的小間也難見，大家都忙著求生去了，更不要說會有貴婦出來主持的豪華場面。文人、作家、藝術家如有必要聚在一起多半邀在編輯室或咖啡館，湊合了事。直到很多年後，一切紛亂平息，國家走入正軌，便才有了公辦的作協或文聯，文人作家才算有

了一個自己所屬的聚會場所。但那究竟是個公家機關的公事公辦場所，一切都一板一眼，不能隨興，也不敢隨便。究竟離承平時期的「沙龍」理想還遠。

這樣一直要到一九九八年，大陸四川成都女詩人翟永明以私人財力在成都玉林西路開了間名為「白夜」的酒吧，在那裡時常舉行詩歌朗誦、專題演講及詩學研究座談，更有藝術家來配合舉辦活動。遠道的詩人更是像朝聖樣慕名前往。翟永明說：「很多人在年輕時都有一個浪漫思想開一間咖啡廳，但很少能實現，我實現了，只是想將它做一平臺，讓更多藝術形式在這裡進行。」這大概是中國有私人主辦的文藝沙龍的初步實現。

臺灣孤懸海上，由於地理環境特殊，一直是外來侵略者想掠奪殖民的肥羊，他們想盡方法來開發我們的資源，利用我們的勞力，但對於我們這悠久的歷史文化，他們鑿奪不了，但也不會發揚扶植，我們的語言，我們的文學藝術，照樣土生土長的在自我成長。這支邊陲的中華文化孕育了好多地方性的古典詩社，他們時常在自己的家廟或祠堂聚集吟詠自己創作的詩歌作品，這應是臺灣最早期的文藝沙龍。現在仍然在做古典詩的播種，永不衰竭。

臺灣在八○年代初，在一批老詩人的呼應下，曾經舉辦「詩的星期五」活動，每月第一週的星期五傍晚，邀請一位資深有成就的詩人作為主講者，然後有人評講，更由參與的聽眾隨意發問，情況非常熱烈。但是由於沒有固定場地，必須商借人多交通方便的地方無償提供，記憶中剛成立的「誠品書店」曾經大力贊助我們，利用他們的空地做活動，他們也因我們的文學活動經各媒體的大肆報導，而做了「誠品書店」的免費廣告宣傳，但這仍只是作詩的推廣活動，而非社交式的文藝沙龍。

而到這世紀初不久，由軍人退下來的本省籍詩人黑俠，和從湖北來臺灣定居的女詩人龍青，他們利用自己的退休金先在臺北市郊新店大坪林，租得一間小店面開了一家「第七號咖啡屋」。由於

是詩人開店，詩人自兼一切雜務省去開支，各地詩人紛紛前來接應支持，有的前來開新書發表會，有的詩社來開年會，還有年輕詩人趁周夢蝶來店聽周公談詩談人生歷練，等等活動下來倒也支撐了年餘。究竟寫詩是小眾，熱度慢慢退燒後，在高房租和低收入的交相窘迫下，只好被迫停止經營。但他們追夢的熱心並未熄火，不旋踵，他們又在臺北市內臺灣大學附近溫州街的一處巷弄老舊建築，開了一間名為「魚木人文空間」的咖啡館。這座空間較大的場所，除了方便很多學生前來休閒用餐外，當然更是詩人們的聚會場所。魚木籌畫了很多詩歌活動，更是海內外詩人來臺旅遊開會和朋友們聚會的地方，我曾將「魚木人文空間」比美為成都的「白夜酒吧」，在開創初時確實形成臺灣詩壇一處熱鬧的地景，那裡的牆壁上留滿了各地詩人即興的題詞，連地板下都刊有打上燈光的名詩手跡。可惜這仍是一個靠營收來維持繼續存在的場所，在初期熱絡退潮之後，慢慢又走上入不敷出的窘境，最後終在二〇一四年八月忍痛歇業。

其實這時有一個也是從法國回來的臺灣詩人方明，暗地裡想將李金髮從法國帶回來的「文藝沙龍」理想在臺灣實現。方明是「藍星詩社」的第二代詩人，和苦苓、羅智成、趙衛民、天洛等五人同輩，後來這些當年的青年詩人有的走入學院教書，有的走進媒體當副刊主編，只有方明去到法國繼續深造，並在法國獲得一家國際知名的設計公司的信賴，返臺後成為臺灣地區分公司的總代理，他對詩的理想仍一本初衷，除了曾任創世紀詩社社長，現又和對岸地區的詩人黃梵等合辦《兩岸詩》詩刊。他早有以私人財力為臺灣詩人創設一類似法國文藝沙龍的打算，幸喜憑著他擅長投資的眼光，回到臺灣不久即購得一間大廈五樓的公寓房，初時他本想僅作為書房之用，後來因加入詩社成為社長，急需一聚會活動空間，不能全往咖啡間或飯館消費。於是他將公寓房裝潢改造，成一適合少數人來他那裡隨興交談、不拘一格的沙龍式場所，最大的特色是他開始收

集臺灣資深詩人的書法墨寶及畫作，將之陳列在書屋，以至琳琅滿目，美不勝收，書香氣氛非常濃厚。但這不是一個營業場所，做主人的方明有法國貴婦人主持「文藝客廳」樣的氣派與隨和，只要通知一聲，他便敞開大門歡迎，並備得有美酒香茗茶點招待，使得去的人都會感到賓至如歸，甚至滿載而歸的興奮感。曾經有好幾次大陸來臺開會的詩友，慕名脫隊去享受一次難得的臺灣詩文學的溫馨。莫不覺得是來臺一回，最值得記憶的，不在既定行程中的意外收穫。

二〇一六年九月十四日

秀威經典　　　　　　　　　　　臺灣詩學論叢05　PG1949

詩人詩世界

作　　者／向　明
主　　編／李瑞騰
責任編輯／辛秉學
圖文排版／莊皓云
封面設計／楊廣榕

出版策劃／秀威經典
發 行 人／宋政坤
法律顧問／毛國樑　律師
印製發行／秀威資訊科技股份有限公司
　　　　　114台北市內湖區瑞光路76巷65號1樓
　　　　　電話：+886-2-2796-3638　傳真：+886-2-2796-1377
　　　　　http://www.showwe.com.tw
劃撥帳號／19563868　戶名：秀威資訊科技股份有限公司
　　　　　讀者服務信箱：service@showwe.com.tw
展售門市／國家書店（松江門市）
　　　　　104台北市中山區松江路209號1樓
　　　　　電話：+886-2-2518-0207　傳真：+886-2-2518-0778
網路訂購／秀威網路書店：http://store.showwe.tw
　　　　　國家網路書店：http://www.govbooks.com.tw

2017年12月　BOD一版
定價：200元
版權所有　翻印必究
本書如有缺頁、破損或裝訂錯誤，請寄回更換

國家圖書館出版品預行編目

詩人詩世界 / 向明著. -- 一版. -- 臺北市:秀威
經典, 2017.12
　　面;　　公分. -- (臺灣詩學論叢;5)
BOD版
ISBN 978-986-95667-0-4(平裝)

851.486　　　　　　　　　　106021292

讀者回函卡

感謝您購買本書，為提升服務品質，請填妥以下資料，將讀者回函卡直接寄
回或傳真本公司，收到您的寶貴意見後，我們會收藏記錄及檢討，謝謝！
如您需要了解本公司最新出版書目、購書優惠或企劃活動，歡迎您上網查詢
或下載相關資料：http:// www.showwe.com.tw

您購買的書名：＿＿＿＿＿＿＿＿＿＿＿＿＿＿＿＿＿＿＿＿＿＿＿＿＿＿＿＿

出生日期：＿＿＿＿＿年＿＿＿＿＿月＿＿＿＿＿日

學歷：□高中 (含) 以下　　□大專　　□研究所 (含) 以上

職業：□製造業　□金融業　□資訊業　□軍警　□傳播業　□自由業
　　　□服務業　□公務員　□教職　　□學生　□家管　　□其它＿＿＿＿

購書地點：□網路書店　□實體書店　□書展　□郵購　□贈閱　□其他

您從何得知本書的消息？

　□網路書店　□實體書店　□網路搜尋　□電子報　□書訊　□雜誌

　□傳播媒體　□親友推薦　□網站推薦　□部落格　□其他＿＿＿＿＿＿

您對本書的評價：(請填代號　1.非常滿意　2.滿意　3.尚可　4.再改進)

　封面設計＿＿＿　版面編排＿＿＿　內容＿＿＿　文／譯筆＿＿＿　價格＿＿＿

讀完書後您覺得：

　□很有收穫　□有收穫　□收穫不多　□沒收穫

對我們的建議：＿＿＿＿＿＿＿＿＿＿＿＿＿＿＿＿＿＿＿＿＿＿＿＿＿＿＿

＿＿＿＿＿＿＿＿＿＿＿＿＿＿＿＿＿＿＿＿＿＿＿＿＿＿＿＿＿＿＿＿＿＿

＿＿＿＿＿＿＿＿＿＿＿＿＿＿＿＿＿＿＿＿＿＿＿＿＿＿＿＿＿＿＿＿＿＿

＿＿＿＿＿＿＿＿＿＿＿＿＿＿＿＿＿＿＿＿＿＿＿＿＿＿＿＿＿＿＿＿＿＿

11466
台北市內湖區瑞光路 76 巷 65 號 1 樓

秀威資訊科技股份有限公司　　　收

BOD 數位出版事業部

....

（請沿線對折寄回，謝謝！）

姓　　名：_____　年齡：_____　性別：□女　□男

郵遞區號：□□□□□

地　　址：_____

聯絡電話：(日) _____　(夜) _____

E-mail：_____